Agathe Colombier Hochberg

Agathe Colombier Hochberg connaît le succès dès la parution de son premier roman en 2003, *Ce crétin de prince charmant*, succès qui se confirme par la suite avec *Mes amies, mes amours… mais encore ?* (2005). Elle a également publié une série de livres sur la correspondance des grands écrivains et artistes, ainsi que plusieurs ouvrages avec Samir Bouadi, dont *L'Affabuleuse Histoire vraie de Jules Cardot* (Fleuve Éditions, 2010).

Après *Nos (pires) meilleures vacances* (Fleuve Éditions, 2010) et *Nos (pires) meilleures vacances à Las Vegas* (Fleuve Éditions, 2012), elle nous livre, avec *Messie malgré lui* (Fleuve Éditions, 2013), la suite des aventures de Géraldine et sa famille… à Tel-Aviv ! En 2014, elle a publié *Rien de personnel*, toujours chez Fleuve Éditions.

Agathe Colombier Hochberg est également scénariste.

NOS (PIRES) MEILLEURES VACANCES

DU MÊME AUTEUR

CHEZ POCKET

CE CRÉTIN DE PRINCE CHARMANT

MES AMIES, MES AMOURS, MAIS ENCORE ?

NOS (PIRES) MEILLEURES VACANCES

NOS (PIRES) MEILLEURES VACANCES À LAS VEGAS

NOS (PIRES) MEILLEURES VACANCES À TEL-AVIV

AGATHE COLOMBIER
HOCHBERG

NOS (PIRES) MEILLEURES VACANCES

Fleuve Noir

MIXTE
Papier issu de
sources responsables
FSC® C003309

Pocket, une marque d'Univers Poche,
est un éditeur qui s'engage pour la
préservation de son environnement et
qui utilise du papier fabriqué à partir
de bois provenant de forêts gérées de
manière responsable.

ISBN : 978-2-266-20858-1

Géraldine s'était vite rendue à l'évidence : partir à la conquête de nouveaux marchés, lancer une nouvelle gamme de produits ou convaincre un distributeur de la représenter étaient des tâches infiniment plus simples que de louer une maison de vacances au mois d'août.

Elle avait passé des semaines à disséquer tous les sites de location de villas dans le Bassin méditerranéen ; elle s'était renseignée sur les plus belles îles, les meilleurs coins. Peinant à trouver la maison idéale, elle avait mis sa secrétaire sur le coup, et n'avait pas tardé à le regretter. Géraldine n'aimait pas déléguer et plus le temps passait, plus elle savait pourquoi. Sa secrétaire s'était tellement passionnée pour cette recherche de maison qu'elle y avait consacré ses journées, négligeant les commandes et les courriers urgents, tout cela pour soumettre à Géraldine des offres qu'elle-même avait déjà étudiées et écartées. Une fois sa secrétaire rabrouée et ses négligences rattrapées, Géraldine avait vaillamment repris ses recherches. En femme d'affaires efficace, elle était sûre que son instinct se manifesterait le jour où elle tomberait sur la bonne offre. Mais non. Elle avait hésité, puis avait piteusement regretté d'avoir hésité chaque fois qu'une maison convoitée n'était soudain plus disponible. Une prospection éreintante, des annonces cent fois étudiées, et, à quelques semaines de l'été, toujours pas la moindre décision prise.

Aussi, quand en déjeunant avec Philippe, son directeur commercial – que sa secrétaire avait cru bon d'informer de son problème de location, ainsi que tous les autres salariés –, Géraldine avait appris qu'il venait de trouver une maison à louer en Grèce, elle avait bondi. « Combien de chambres ? Cher ? À quelles dates ? Tu sais si elle est disponible après ? C'est loin de la plage ? Y a du wi-fi ? » Philippe avait brandi son portable avec l'air mystérieux et sûr de lui de l'homme providentiel, et avait répondu : « Justement, j'ai rencontré le propriétaire hier ; il est de passage à Paris, on va lui demander... »

Oui, la maison était libre après ; oui, son prix correspondait au budget de Géraldine, et le propriétaire, prénommé Yannis, avait suggéré de les rejoindre pour le café afin d'en parler tranquillement. À peine arrivé, il leur avait montré quelques photos stockées dans son appareil numérique ; des images d'une maison grecque telle qu'elle en rêvait avaient défilé devant les yeux émerveillés de Géraldine, et l'avaient suffisamment séduite pour qu'elle propose à Yannis de lui verser un chèque d'acompte.

De retour à son bureau, elle s'était précipitée sur Laurent, son mari depuis trois ans, pour lui annoncer la bonne nouvelle, se réjouissant par avance de l'exaltation dont il n'allait pas manquer de faire preuve.

Laurent s'était calé dans son fauteuil pour mieux l'écouter, et avait laissé planer un long silence avant de répondre.

— Tu es sérieuse ? Tu lui as vraiment fait un chèque ?

— Ben oui, il repart demain… Il y a un problème ?

— Pas vraiment… Je suis juste un peu étonné que tu ne m'en aies pas parlé avant. Et que tu n'aies pas pris le temps de réfléchir un peu.

— Réfléchir à quoi, tu as une meilleure solution ?

— Non.

— Alors qu'est-ce qui t'inquiète ? À force de réfléchir, tout est complet partout, et on va se retrouver plantés…

— Mais non !

— Mais si ! Enfin c'est pas grave : on ira faire du camping dans le square d'à côté, et on dira à Clara qu'on est à la plage quand on jouera dans le bac à sable… Elle n'a que deux ans, ça peut marcher…

— C'est bon, j'ai rien dit… Je te rappelle juste que c'est toi qui avais fait une liste de questions à poser : tu disais qu'il ne fallait pas aller sur n'importe quelle île. Et surtout, ne rien réserver tant qu'on n'avait pas regardé sur le Net le coin où était située la maison… Et le taux de fréquentation en août, tu disais que dans certains endroits, c'est mortel… Tu en as parlé avec lui ?

— … Pas précisément, mais l'essentiel, c'est qu'il s'agit d'une île située dans le Dodécanèse, pas dans les Cyclades ; c'est beaucoup moins touristique, et ça change tout !

Laurent n'avait pas insisté, et c'est seulement la nuit venue, en s'endormant, qu'en son for intérieur, Géraldine avait admis n'avoir posé aucune des questions importantes qu'elle s'était promis de soulever avant de louer une maison.

Dès le lendemain, elle avait téléphoné au propriétaire de la maison pour aborder le seul point véritablement susceptible de compromettre leur séjour

– y avait-il une connexion Internet ? – et en l'entendant répondre par l'affirmative, son optimisme avait repris le dessus : tout allait bien se passer. Elle avait rejoint Laurent dans son bureau, avait passé ses bras autour de son cou et l'avait embrassé tendrement.

— Tu es content ?

— Pour ?

— La maison en Grèce !

— Ah ça ! Oui… bien sûr.

Durant les jours suivants, elle avait évoqué leurs futures vacances à plusieurs reprises, mais n'était jamais parvenue à déceler le moindre signe d'enthousiasme chez son mari. En cherchant ce qui pourrait lui faire plaisir, elle avait eu une idée géniale : lui proposer d'inviter Julien, son meilleur ami, à se joindre à eux. Naturellement, elle éprouvait quelques réticences à partager son mari, de surcroît avec un homme qu'elle n'avait vu qu'à de rares occasions, mais sa générosité avait pris le dessus : elle voulait faire plaisir à Laurent et il était grand temps qu'elle tisse des liens avec celui qui était – du moins officiellement – le parrain de leur fille.

Là encore, la réaction de son mari n'avait pas été celle qu'escomptait Géraldine, Laurent étant bien trop étonné pour songer à se réjouir.

— Tu ne m'as pas dit que tu le trouvais prétentieux, imbu de lui-même ?… Non, je crois que le terme que tu as employé était *suffisant*.

— Peu importent les termes que j'ai employés, le fait est que je le connais peu et je l'ai sûrement mal jugé. Je crois que je n'ai pas été très objective.

— Comment ça ?

— Pour tout t'avouer, j'étais agacée de vous découvrir si proches. Je me suis presque sentie de trop la dernière fois qu'il est venu dîner à la maison.

— C'est parce qu'on a l'habitude de se voir en tête-à-tête ; on se connaît depuis l'enfance et il n'y a qu'avec lui que j'ai une telle complicité.

— Je te le confirme ! Vous avez passé la soirée à prendre des fous rires sur des trucs qui m'échappaient complètement !

— On aurait dû faire des efforts pour t'inclure dans notre conversation, je suis désolé.

— M'inclure ? Comment ? C'est impossible de parler avec vous : toutes vos références sont codées…

— C'est vrai, mais j'aurais pu t'expliquer…

— Ah bon ? Alors c'est qui, Mme Chimou ?

— Une prof de maths qu'on avait surnommée comme ça parce que… laisse tomber.

— D'accord. Et cette histoire de chat à cinq pattes ?

— Trop long à expliquer.

— … Tu vois ?

Géraldine avait haussé les épaules dans un geste d'impuissance.

— T'as raison, avait admis Laurent. Il vaut mieux laisser tomber, ce n'est pas une bonne idée de l'inviter en vacances avec nous.

La voix de Géraldine s'était adoucie.

— Mais si. Oublie ce que je viens de dire, je veux vraiment qu'il vienne. C'est ton ami et je veux qu'il soit le mien. Appelle-le. S'il te plaît.

Julien n'avait aucun projet pour les vacances et avait aussitôt accepté.

Laurent avait annoncé la bonne nouvelle à son épouse, avant d'ajouter que pour le rendre parfaitement heureux, il y avait une autre chose qu'elle pourrait faire pour lui. Il avait laissé planer le suspense quelques secondes, dans l'espoir que l'inquiétude de sa femme ferait place au soulagement lorsqu'elle entendrait sa requête : laisser son BlackBerry à Paris.

Se sachant totalement accro à cet objet indispensable, Géraldine avait hésité. Elle regardait Laurent qui attendait son verdict, suspendu à ses lèvres. En temps ordinaire, elle aurait refusé, mais rassurée par la présence du wi-fi dans la maison, elle avait négocié. « Juste un portable et mon ordi alors. Je le laisserai à la maison et je ne l'allumerai qu'une fois par jour, pour échanger des mails avec Émilie. » Laurent avait accepté – après tout, il s'en sortait mieux que prévu – et il n'était pas question qu'il empêche Géraldine de communiquer avec sa fille.

— Alors ça marche. Pas de BlackBerry.

Ce soir-là, ils avaient fait l'amour passionnément, et le lendemain au réveil, Laurent avait demandé à sa femme si elle avait apprécié le coup de la roulette japonaise, ce à quoi elle avait répondu oui, sans bien savoir de quoi il s'agissait. Peu importe ; Géraldine s'était plu à considérer ce moment comme l'heureux présage de leurs nuits estivales.

Oui, ce serait le paradis.

Samedi 1er août.

Incontestablement, une date où n'importe quel déplacement prend l'aspect d'une expérience extrême.

Un jour de fête pour les masos qui n'acceptent pas l'idée de perdre une journée de vacances, et ont quitté leur bureau la veille au soir en courant afin de rentrer précipitamment faire leurs valises.

Pour tous les autres, un samedi synonyme de cauchemar, pagaille, et exaspération.

Le degré de stress qui règne à l'aéroport Charles-de-Gaulle en fait un champ de bataille où se croisent des milliers de vacanciers pressés, mais aussi les rares distraits qui n'ont pas réalisé qu'il valait mieux éviter cette date, et quelques travailleurs obligés de voyager ce jour-là.

Après une queue sans fin à l'enregistrement et deux heures passées à tourner en rond dans la salle d'embarquement, le vol Paris-Athènes est enfin appelé, et Géraldine est la première à se lever pour se rendre dans l'avion.

Assise dans la rangée centrale entre Laurent et Théo, elle berce doucement Clara qui a mal au cœur. Les sons métalliques en provenance de l'iPod de Théo l'agacent, mais elle choisit de ne rien dire. Son beau-fils a quinze ans et il est en train de devenir un homme ; elle a tendance à l'oublier car il conserve un visage d'enfant – sans parler de ses attitudes puériles – mais plusieurs indices ne trompent pas, notamment l'intérêt soudain qu'il porte aux produits capillaires qu'elle fabrique. En l'observant de plus près durant les week-ends qu'il passe chez eux, cela fait plusieurs mois qu'elle perçoit chez lui des signes de révolte. Elle tente de les ignorer et de ne pas se mêler des différends qui l'opposent à son père – après tout, c'est à lui de gérer ça – mais il lui est de plus en plus difficile de résister à sa forte envie de le secouer quand il dort encore à midi, et de le remettre en place lorsqu'il se montre insolent. Émilie n'a jamais été comme ça. Quel dommage qu'elle ne soit pas là, elle lui manque tellement… Elle regarde Théo balancer sa tête au rythme de la musique et chasse de son esprit le mot « tête à claques » qui lui vient aussitôt à l'esprit. Elle pose sa main sur son genou et lui fait un petit signe lui indiquant qu'il fait bouger toute la rangée en tapant du pied, mais elle accompagne son geste d'un large sourire. Il va falloir la jouer fine pour parvenir à se rapprocher de ce beau-fils qui l'ignore la plupart du temps, et semble prendre un malin plaisir à évoquer sa mère à la moindre occasion.

À l'heure du repas, l'hôtesse part chercher le vin que Laurent lui a demandé, mais quand elle revient, un homme assis quelques rangs devant eux intercepte les bouteilles. Laurent laisse échapper un juron, il hèle l'hôtesse et lui redemande du vin. Il commence à déjeuner, mais renonce vite devant la tâche ardue qui consiste à couper une viande trop cuite avec des couverts en plastique. Géraldine abandonne aussi : elle a fait tomber sa fourchette mais ne peut pas la récupérer puisque Clara s'est endormie sur ses genoux, ce qui ne lui laisse qu'un bras libre et seulement quelques centimètres pour se mouvoir. Théo a bien tenté de la ramasser, mais tout ce qu'il a réussi à faire, c'est renverser la moitié de son propre plateau par terre. Géraldine lui fait signe de ne pas faire attention, et elle s'enfonce dans son fauteuil en cherchant une position confortable. Son regard est attiré par une femme qui déballe un sac isotherme rempli à ras bord ; son mari et leurs enfants exultent tandis qu'elle leur tend des victuailles.

— Tu veux que je te prépare des bouchées ? lui demande Laurent.

— Non, merci chéri... Je suis nulle. Regarde la famille sur le côté, comme ils se régalent ; la mère a apporté toutes sortes de sandwichs, des fruits, des gâteaux… Ils ont carrément refusé les plateaux. J'aurais dû faire pareil…

— Tu étais au bureau ce matin, comment voulais-tu faire pareil ?

— J'te file mon fromage, tu me files ta tarte ? hurle Théo à son père, les écouteurs toujours enfoncés dans les oreilles.

Laurent et Théo s'échangent les aliments en passant au-dessus de la tête de Clara.

— Tu ne peux pas me reprocher d'aller au bureau quand j'ai des trucs à finir et qu'on s'absente presque trois semaines…

— Mais je ne te reproche rien, c'est toi qui culpabilises de ne pas avoir pris de la bouffe. Moi, je m'en fous !

— Évidemment, toi tu te fous toujours de tout…

— C'est pour ça que tu m'aimes : parce que je suis imperméable à tes angoisses ! conclut-il en souriant.

La corbeille de pain et le Thermos de café se vident juste avant que leur rang ne soit servi.

— Décidément, on est maudits ! s'exclame Géraldine… Le repas enfant a l'air dégueu ; heureusement que j'ai apporté des compotes et des biscuits pour Clara, t'imagines si j'avais rien prévu ?

— T'as prévu, alors pourquoi tu flippes ?

— T'as raison. Je suis stressée, c'est parce que l'avion me rend nerveuse. Ça va aller.

De son unique main libre, elle essaie d'attraper son livre dans son sac tout en maintenant délicatement Clara contre elle, mais le sac a glissé sous son fauteuil et est inaccessible. Elle se résigne et ferme les yeux. Si seulement elle pouvait s'assoupir. Mais le ronflement de l'avion, les sons émanant de l'iPod de Théo, le bruit causé par le service du repas et les bavardages des passagers l'empêchent de se détendre. Les yeux grands ouverts, elle observe le va-et-vient des hôtesses.

Enfin, celle qui sert Laurent lui apporte les deux bouteilles de vin, au moment même où l'autre, interpellée par Géraldine, revient avec le pain et les cafés. Ils ont le plus grand mal à faire tenir cette avalanche de denrées sur le minuscule espace que constituent les tablettes.

— C'est gentil, mais c'est froid maintenant ! murmure Géraldine.

— Je te rassure : le café aussi, répond Laurent.

Dans la rangée d'en face, un voisin les regarde accumuler les denrées et s'exclame :

— Eh ben, y en a qui se gênent pas !

Géraldine saisit une bouteille de vin et la lève vers lui, elle articule « Tchin ! », dévisse le bouchon, boit directement au goulot, et embrasse Laurent à pleine bouche, sous ses yeux atterrés.

— Enfin, je te retrouve ! confie Laurent à sa femme.

Clara se réveille en sursaut ; elle se met à gigoter et fait un geste brusque, qui fait dégringoler le plateau de Laurent à ses pieds.

— Bordel de merde ! dit-il, cette fois bien distinctement.

Du bout de son index, Géraldine pousse son propre plateau vers le bord de la tablette.

— Au point où on en est…, dit-elle à Laurent.

Il sourit, mais arrête son geste :

— Le pire, c'est que tu en serais capable…

La musique à fond dans les oreilles, Théo soudain captivé crie à sa belle-mère :

— T'es cap' ?, avant de secouer la tête avec désappointement en la voyant interrompre son geste.

C'est la troisième fois que Géraldine recommande à Théo de remettre sa ceinture en vue de l'atterrissage ; comme il n'entend rien, elle finit par lui arracher une oreillette et lui hurler dans l'oreille, pour être bien sûre de se faire comprendre.

— Refais jamais ça, proteste-t-il, outré. Même ma mère n'oserait pas !

« Quel petit con ! » pense aussitôt Géraldine, mais elle transforme aussitôt sa moue exaspérée en un sourire presque bienveillant.

Les roues touchent le sol, et les passagers qui considèrent que c'est un miracle d'être arrivés en vie commencent à applaudir pour manifester leur gratitude. Mais tout va trop vite – l'avion et les gens –, le pilote freine brutalement et la moitié des passagers se cogne la tête contre la tablette fixée sur le siège avant. Fin des applaudissements. Clara hurle.

L'avion roule ensuite très doucement pendant une vingtaine de minutes, le temps d'aller se garer dans le coin le plus retranché de l'aéroport – Laurent sifflote et fait remarquer à Géraldine que c'est probablement la punition que la tour de contrôle a infligée au pilote pour le féliciter de son arrivée enthousiaste.

Le chaos qui régnait à Roissy n'est rien comparé à celui de l'aéroport d'Athènes.

Tandis que les Français attendent leurs bagages, Laurent s'empare d'un chariot abandonné, mais il est arrêté par un employé de l'aéroport qui l'informe qu'il faut verser un euro pour l'utiliser. Dans son meilleur anglais, Laurent lui demande si on récupère cette somme en le rendant ; la réponse est négative.

— Quels voleurs ! On n'a qu'à mettre Clara dans sa poussette et chacun portera sa valise ! s'exclame-t-il, avant de se raviser en surprenant le regard courroucé de sa femme. Il règle la location du chariot et dès que toutes les valises sont réunies, la famille se dirige vers le comptoir Air France, point de rendez-vous convenu avec Julien qui arrive par un autre vol.

Géraldine regarde partout autour d'elle :

— Il n'est pas là… Vous vous êtes dit quoi, au juste ?

— Rien : qu'on se retrouvait là, devant le comptoir.

— J'espère qu'il n'y en a qu'un, sinon on va se chercher pendant quatre heures ! Déjà qu'il n'a pas été foutu de trouver une place sur notre vol…

— C'est quand même pas sa faute si le vol était complet ! Et puis il fallait bien se donner rendez-vous quelque part. De toute façon, on a quatre heures avant notre correspondance, alors quoi qu'il arrive, on a le temps de se trouver !

— Appelle-le, c'est plus simple.

— Il n'a pas de portable.

— Tu déconnes ?

— Pas du tout.

— Mais comment peut-on ne pas avoir de portable ?

— Il dit qu'il ne veut pas qu'on le sonne, c'est tout.

Géraldine fait des efforts surhumains pour qu'aucun commentaire ne franchisse ses lèvres. Elle sort de son sac un ouvrage portant sur la génétique moléculaire des plantes, et se plonge dedans. Les allées et venues des passagers l'empêchant de se concentrer, elle finit par le ranger. Toujours pas de Julien.

Apercevant un livre abandonné sur un siège, Théo se penche et l'observe sans le toucher. Laurent l'interpelle :

— C'est quoi ? Vas-y, prends-le…

— … J'aime mieux pas.

— Pourquoi ?

— Je sais pas… Tu sais bien que je suis superstitieux !

— Franchement, je ne vois pas le rapport.

— … Le rapport, c'est que si on était dans un film, ce serait le début des emmerdes.

— Mon petit Théo, intervient Géraldine, c'est la deuxième fois que j'ai envie de te traiter de con aujourd'hui ; fais gaffe : à la troisième, je ne suis pas sûre de pouvoir me retenir.

Théo hausse les épaules.

— … De toute manière, j'm'en fous, j'aime pas lire.

Géraldine met ses mains en porte-voix, et imitant le ton d'une hôtesse qui fait une annonce, elle clame :

— Théo est un con ! Théo est un con !

Devant son regard furieux, elle se lève pour aller chercher des boissons et lui propose de l'accompagner, mais l'adolescent se contente de la regarder avec une expression de profond dédain.

— T'as rien pour occuper la petite ? lui demande Laurent.

Géraldine lui laisse le magazine flambant neuf qu'elle a acheté à Paris.

— Regarde les images, ma chérie. Et fais attention, maman ne l'a pas encore lu.

Vingt minutes plus tard, elle est de retour avec les cafés ; Clara a joyeusement déchiré et gribouillé son magazine sous les yeux parfaitement indifférents de Laurent et Théo, et Julien n'est toujours pas là. En se penchant sur le magazine, Géraldine se rend compte que Clara a en fait corrigé les visages des célébrités de la semaine, en améliorant leurs traits et en atténuant leurs défauts. Stupéfaite, elle se demande si sa fille ne vient pas d'exprimer un talent précoce pour la chirurgie esthétique, mais n'ose évoquer cette idée avec Laurent, devinant trop bien les sarcasmes qu'elle provoquerait.

Dix minutes supplémentaires s'écoulent.

— C'est quand même dingue ! craque Géraldine. Son vol était censé atterrir avant le nôtre !

— Qu'est-ce que tu veux que je fasse ? soupire Laurent.

— Je ne sais pas moi… N'importe quoi plutôt que rester là les bras croisés à regarder passer des gens dont on n'a rien à foutre !

Laurent, qui commençait à somnoler sur sa chaise, comprend qu'il n'a pas le choix et se lève péniblement.

Il va se renseigner et apprend que le vol Easy Jet sur lequel se trouve Julien a bien atterri, mais dans l'autre terminal ; il l'annonce à Géraldine d'un air penaud et lui demande de rester au même endroit avec les enfants tandis qu'il part à la recherche de son ami.

De son côté, Julien, qui a effectué la même démarche, est en train de marcher dans leur direction. Littéralement absorbés par la foule qui les entoure, les deux hommes se croisent sans se voir et poursuivent leur chemin, s'éloignant davantage l'un de l'autre à chaque pas.

Géraldine est la première à repérer Julien tandis qu'il s'avance à leur recherche. C'est la première fois qu'elle l'observe vraiment : grand, nonchalant, sa démarche et son expression expriment une sorte de désinvolture naturelle face au monde qui l'entoure. Ses yeux sombres sont voilés par quelques mèches châtain clair qui retombent en désordre sur son front. Séduisant, il affiche en permanence un petit sourire amusé donnant l'impression qu'il est témoin d'événements comiques qui échappent complètement aux autres. Un détail qui pourrait vite devenir agaçant, s'il n'était compensé par une grande douceur.

Géraldine fait signe à l'ami de son mari, l'embrasse, lui met d'office Clara dans les bras – après tout, c'est sa filleule – et téléphone à Laurent pour le prévenir. Julien n'a pas vu Théo depuis plusieurs années, il le cherche du regard et hésite un moment avant de reconnaître le grand garçon vautré dans un fauteuil, dont la moitié du visage est cachée par une énorme mèche savamment désordonnée.

Il s'approche de lui et l'embrasse, puis s'arrête net en reconnaissant la couverture du livre abandonné sur le siège voisin.

— C’est à toi ?

Théo hésite à répondre, sentant qu’il a peut-être l’occasion de se valoriser.

— Euh non, répond-il finalement. Je crois que quelqu’un l’a oublié.

— Tu connais ?

— Euh…

— Philip K. Dick. C’est un de mes auteurs préférés. Je le prends, je vais le relire et je te le passerai si tu veux.

Théo n’a pas besoin de feindre l’enthousiasme, il est sauvé par l’arrivée de son père qui a enfin fini de traverser l’aéroport de long en large. Géraldine annonce fièrement qu’elle a prévu comment occuper leurs heures de transit : inutile de se dépêcher d’aller visiter un monument par cette chaleur, une amie lui a donné l’adresse d’un hôtel situé sur la péninsule de Vouliagmeni, où ils pourront boire un verre au calme en contemplant la mer.

Un sentiment d’euphorie les saisit lorsqu’ils apprennent qu’ils peuvent déjà enregistrer les bagages pour leur correspondance ; quinze minutes plus tard, ils sont libres et se dirigent joyeusement vers la file de taxis. À l’instant où ils prennent conscience qu’ils sont désormais trop nombreux pour prendre une seule voiture, Géraldine ne peut s’empêcher de penser : « Ça commence ! », et s’en veut aussitôt, d’autant plus que Julien lui ouvre galamment la portière de la première voiture en déclarant à Laurent :

— J’emmène les femmes !

Assise dans le taxi, Clara de nouveau sur ses genoux, Géraldine donne l’adresse de l’hôtel et essaie d’engager la conversation avec Julien. Peine perdue, étant donné le volume sonore de la radio.

Le taxi file, klaxonne, accélère, double. La seule chose que Géraldine a le temps d'apercevoir par la fenêtre est une succession de publicités aux visages souriants. Elle jette des coups d'œil inquiets par-dessus son épaule, terrifiée à l'idée de perdre le taxi dans lequel sont assis Laurent et Théo.

— *Could you slow down, please ?*

Ignorant délibérément sa requête, le chauffeur lui demande :

— *Where are you from ?*

— *From France.*

— Oh ! Jacques Chirac !

— *Yes.*

— Nicolas Sarkozy !

— *Yes. But I prefer François Mitterrand*, précise Julien.

— *Yes, but kaput !*

Il rehausse encore le volume de sa radio et se retourne vers Géraldine.

— *Voulez-vous coucher avec moi ?*

— *In the taxi ?*

— *Yes !*

Julien éclate de rire. Pour faire diversion, Géraldine qui a potassé l'histoire de la Grèce la semaine précédente s'écrie :

— Andreas Papandreou !

Le chauffeur, de plus en plus hilare, rétorque :

— *Kaput !* Giscard d'Estaing !

— Et pourquoi pas Pompidou ? lui demande Julien.

Géraldine jette un autre coup d'œil derrière elle ; ouf, l'autre taxi est toujours là.

— C'est ton tour, lui rappelle Julien.

N'ayant plus un nom d'homme politique en tête, Géraldine réfléchit à toute allure et tente un :

— Melina Mercouri ?

— *Kaput !* conclut le chauffeur, en freinant brutalement devant la grille d'un hôtel de luxe.

Clara se cogne la tête contre la vitre. Son front commence à être extrêmement douloureux et elle ne voit plus aucune raison de résister à l'envie d'éclater en sanglots.

Le chauffeur, qui a vaguement repris son sérieux, explique à Julien qu'il ne peut pas les emmener plus loin car l'hôtel est situé sur un domaine interdit aux voitures. En effet, dès que les taxis se sont éloignés, la petite troupe fait quelques pas et découvre un somptueux jardin où règne un calme absolu. Soulagée d'être descendue du taxi et d'avoir récupéré son mari, Géraldine retrouve le sourire et brandit fièrement le carnet où elle a noté les instructions de son amie.

— Apparemment, l'endroit le plus agréable est le club house, on y va ? Je meurs de faim…

La terrasse du club house offre une vue époustouflante sur la baie. À 4 heures de l'après-midi, le restaurant est désert.

— Génial ! poursuit Géraldine. On a la terrasse pour nous tout seuls, c'est l'idéal pour un vrai moment de paix… C'est beau, non ?

Pas de réponse ; tout le monde est plongé dans le menu.

— Tu ne trouves pas, chéri ? demande-t-elle à Laurent.

— Hein ? Pour moi, ce sera la daurade, j'ai bien envie d'un poisson grillé.

— Tu ne voudrais pas plutôt qu'on se partage l'entrecôte pour deux ? lui glisse Julien.

— J'avais pas vu, très bien l'entrecôte…

À ce moment, apparaît un serveur qui semble tiré de sa sieste. Il est désolé : les cuisines sont fermées à cette heure-ci, mais il peut leur servir des boissons. Les hommes sont prêts à accepter de s'en contenter, mais Géraldine insiste :

— J'ai *besoin* de manger ! Quand je saute un repas, je n'ai plus aucune énergie, explique-t-elle à Julien. Et mon cerveau arrête de fonctionner. Je sais, c'est nul…

— Mais non ! Et il n'est pas question qu'on te laisse mourir de faim, répond-il avec un large sourire.

Le serveur les dirige alors vers le snack de l'hôtel, qui sert sans interruption. Dix minutes plus tard, ils sont tous attablés devant un hot-dog et des frites – c'est tout ce qu'il reste.

Les chaises en plastique n'ont rien à voir avec les coussins moelleux du club house, et la vue, obstruée par des arbres et des bungalows, est bien moins spectaculaire, mais Géraldine parvient à faire comme si elle ne s'en était pas rendu compte. Bien décidée à ne rien gâcher à ce moment, elle s'interdit de faire remarquer à Julien que la fumée de sa cigarette la dérange et elle s'extasie sur tout – jusqu'au moment où Laurent demande l'addition, et fait remarquer que payer 68 euros pour ça, c'est vraiment se faire pigeonner.

Théo se tourne vers Julien.

— Tu fais quoi déjà, comme métier ?

— Pas grand-chose. J'ai hérité d'une certaine somme à la mort de mes parents ; pas énorme, mais suffisante pour ne pas être dans l'obligation de gagner de l'argent. Depuis, je me suis lancé dans divers projets, que je me suis empressé d'abandonner au premier obstacle, conclut-il avec un large sourire.

Géraldine déclame aussitôt une tirade enflammée sur l'importance de donner un sens à son existence, se sentir utile, créer des valeurs…

— Je ne suis pas de ton avis, répond Julien. Je ne vois pas pourquoi il faudrait absolument que notre court passage sur Terre ait la moindre utilité. S'allonger sous un arbre et observer des fourmis me semble au moins tout aussi passionnant que diriger une entreprise de cinquante personnes.

— Mais qu'est-ce que tu racontes ? demande-t-elle, ébahie. Diriger une entreprise de cinquante personnes, c'est aussi faire vivre cinquante familles…

— Tu es trop modeste, Julien, coupe Laurent qui sait que la ride de répréhension qui vient de se creuser sur le front de sa femme n'annonce rien de bon. Tu as mené certains projets à terme, avec succès en plus. Tu es quand même l'auteur d'un best-seller !

— Ah bon ? s'exclame Théo. Papa m'avait pas dit ! C'est la classe…

— Moi aussi, il m'avait caché ça, enchaîne Géraldine, radoucie. Il s'appelle comment, ce chef-d'œuvre ?

— *Pour un adultère durable et sans encombre*… C'est vrai, ça a très bien marché, mais c'était il y a longtemps, dix ans déjà. Enfin, tous les conseils que je donne dans cet ouvrage restent d'actualité…

— Trop bien ! confirme Théo, tandis que Géraldine peine à avaler sa dernière frite.

Plusieurs taxis attendent devant la grille de la propriété ; cette fois, Julien propose de monter avec Théo, et bien que Géraldine soit un peu irritée de voir Théo s'engouffrer aussitôt dans la voiture avec une joie non dissimulée, elle se réjouit de pouvoir faire le trajet tranquillement avec son mari et sa fille.

Malheureusement, les deux chauffeurs ont la bonne idée de faire la course, ce qui transforme le voyage du retour en une poursuite effrénée. Les taxis tanguent, virent de bord, accélèrent, se dépassent, freinent brutalement… Enfin, ils débarquent furieusement à l'aéroport et leurs occupants, littéralement blêmes, en descendent sans avoir échangé un mot.

Tout le monde a la main sur l'estomac et un curieux sentiment de mal de mer ; pourtant, c'est le chauffeur gagnant qui, sitôt l'argent de la course empoché, va vomir copieusement dans le caniveau.

Il reste encore un peu de temps avant l'embarquement, et chacun s'occupe vaguement en traînant au gré de ses goûts parmi les boutiques du *duty free*. À quelques pas de Géraldine, qui étudie soigneusement le rayon des cosmétiques, Théo, plongé dans un manga, renverse une large panière soigneusement garnie de souvenirs. Une multitude de savons à l'huile d'olive, mignonnettes d'ouzo et bijoux fantaisie avec œil porte-bonheur roulent par terre dans un abominable vacarme.

— Les vendeuses nous détestent ! déclare Julien, ravi, voyant qu'elles arrêtent d'un geste agacé Théo qui essaie de les aider à ramasser.

Contrariée de voir la bonne intention de son beau-fils ainsi réprimée, Géraldine s'approche d'une autre panière qu'elle renverse ostensiblement.

— Ça leur apprendra à ne pas vendre mes produits ! dit-elle à Théo en guise d'explication.

Le laissant planté là et parfaitement stupéfait, elle se dirige vers les piles de journaux, afin de remplacer celui que Clara a mis en pièces.

Tandis qu'elle fait la queue pour régler un magazine, on appelle les passagers de leur vol ; Julien vient la chercher.

— On n'a plus le temps, explique-t-il en lui prenant le magazine des mains.

De la façon la plus naturelle du monde, il le glisse dans son sac sans le payer et se dirige vers la porte d'embarquement.

Cette fois, c'est au tour de Géraldine d'être sidérée. Elle le suit, mi-amusée, mi-choquée.

À quelques mètres de là, Laurent, qui tient Clara dans ses bras, n'a rien vu ; mais Théo, qui a été témoin de la scène, commence à croire que ces vacances seront peut-être moins ennuyeuses que prévu et affiche un sourire béat.

Le vol pour Kos ne dure que quarante-cinq minutes, au grand soulagement de Clara qui trouve que la plaisanterie a assez duré, et de ses parents, qui ne savent plus quoi inventer pour l'occuper. C'est un aéroport bien plus petit et pittoresque qu'ils découvrent à leur arrivée. La cohue qui y règne n'a rien à voir avec le désordre civilisé des aéroports des grandes métropoles. Des familles au grand complet fêtent leurs retrouvailles en s'étreignant comme si elles s'étaient perdues de vue depuis la Seconde Guerre mondiale. Certaines personnes sont même accompagnées de bêtes que peu de gens honnêtes qualifieraient d'animaux de compagnie.

— Chiche que le jour où ta fille revient, on va la chercher avec une chèvre ? suggère Théo à Géraldine.

Dans un premier temps, son cœur se serre car la perspective du retour d'Émilie est si lointaine qu'aucune date n'a encore été évoquée, mais Géraldine prend sur elle et tape joyeusement dans la main de Théo, comme si elle relevait le défi.

Les formalités sont rapidement expédiées et Géraldine ne tarde pas à apercevoir la tête de Yannis qui se distingue au loin.

— Le voilà ! Regarde, Laurent : au bout à droite, c'est celui qui est très grand et baraqué, habillé tout en blanc…

— Celui qui a une grande chemise ample… et un machin autour du cou ?

— Ça s'appelle un collier, mon chéri.

— Quand il y a tellement de trucs accrochés, ça évoque plutôt un déménagement ! Il me fait un peu penser à Roger Hanin, en nettement plus excentrique.

— C'est marrant, observe Géraldine, il n'avait pas du tout le même look à Paris.

— Sans doute parce qu'il était à Paris, observe aimablement Julien.

— Il parle français ? s'inquiète Théo.

— Couramment ! le rassure Géraldine.

Quand il l'aperçoit, Yannis ouvre grand les bras et la serre contre lui avec autant de chaleur que s'ils étaient des amis de longue date. Un peu déconcertée mais ravie de cet accueil, elle lui présente Laurent, Julien, puis les enfants.

— Tu t'appelles Théo ! C'est le plus beau des prénoms grecs ; tu es mon ami, déclare-t-il à l'adolescent, qui en éprouve aussitôt une vague inquiétude.

Toujours radieux, Yannis se tourne vers Géraldine et ajoute :

— J'avais oublié que vous étiez aussi nombreux.

— Mais il y a assez de place dans la maison ? s'inquiète-t-elle.

Ignorant la question, Yannis ouvre à nouveau ses longs bras et fait signe à tout le monde de s'approcher. Dépassant les Français d'au moins une tête, il les réunit tant bien que mal dans une grande accolade, les presse contre sa poitrine et s'écrie :

— Cocktail !

Les têtes se cognent. Coincée sous l'aisselle de Yannis, Clara est soudain en proie à une angoisse folle – en fait, elle est en train de revivre sa naissance et le moment très pénible où le cordon ombilical s'est enroulé autour de son cou –, un phénomène qu'elle identifiera éventuellement dans une vingtaine d'années en thérapie. Elle oublie cependant de pleurer tant elle est occupée à détailler l'étonnant personnage qu'elle vient de découvrir.

— Quel âge a l'enfant ? demande Yannis.

— Deux ans et demi, répond Laurent. Elle s'appelle Clara.

— Un petit Helmut a laissé un camion de pompiers chez moi, je te le donnerai si tu es gentille ! dit-il à la fillette. Puis, il se tourne vers ses parents :

— À cet âge-là, fille ou garçon, c'est pareil, non ?

— Ce type m'a l'air génial ! chuchote Julien tandis qu'ils suivent docilement Yannis en direction de sa voiture.

— Un vrai malade, confirme Laurent.

— On dirait, oui, souffle Géraldine. Je ne comprends pas, il était beaucoup plus posé à Paris…

— J'adore les cinglés, lui répond Julien, sans imaginer que cette information est loin de la rassurer.

— De toute manière, on loue une maison sur sa propriété, mais on n'est pas censés passer nos vacances ensemble ! rappelle Laurent.

La Jeep Wrangler de Yannis est garée sur un emplacement interdit. Le siège passager est occupé par un jeune homme prénommé Bachir que Yannis présente comme son assistant. Le jeune homme à l'air sérieux et au front dégarni s'incline respectueusement devant les nouveaux venus. Coupant court aux présentations, Yannis lui intime de se rasseoir, et comme la voiture est un modèle décapotable à deux places, la petite troupe n'a d'autre choix que de s'entasser à l'arrière dans un curieux amoncellement de valises et d'humains.

— Tiens-la bien ! recommande Géraldine à Laurent tandis qu'il prend Clara dans ses bras.

Un conseil qui s'avère justifié, car Yannis conduit à la même allure que les taxis d'Athènes. Il est toutefois obligé de ralentir à un endroit où il y a eu un accident, et peste contre ces gens qui n'arrêtent pas de se tuer sur les routes et dérangent tout le monde.

Après la déviation, il reprend sa conduite sportive tandis qu'à l'arrière se succèdent cris de douleur et de ravissement selon que la route révèle ses bosses ou des vues plongeantes sur la mer.

Chaque fois qu'ils croisent une voiture lors d'un passage étroit, Géraldine ne peut pas s'empêcher de crier « Attention ! » à Yannis, qui l'ignore superbement et continue à la même allure.

Arrivé à un croisement, il ralentit toutefois le temps de leur proposer d'aller dîner dans un restaurant typique ; puis il accélère dès qu'il entend un début d'assentiment. Quelques virages plus tard, ils sont tous attablés à la terrasse d'une taverne bleue encadrée d'oliviers.

— C'est marrant, y a que des touristes… constate Laurent en regardant autour de lui.

— Oui, c'est parce que c'est typique, confirme Yannis. Mais à part en août, tous les clients sont grecs !

— Ce qui explique que les menus soient en français, anglais, allemand et italien… tout sauf en grec ! conclut Julien.

Yannis fait comme s'il n'avait pas entendu cette remarque, il se plonge dans le menu, et Laurent fait signe à un serveur. Dès les boissons servies, il lève son verre.

— À Michael Schumacher !

— Étant donné l'état du circuit, ça va plutôt se finir à la Ayrton Senna… objecte Julien.

Yannis trinque sans avoir l'air de se sentir concerné par l'allusion. Géraldine a bien envie d'en rajouter, mais elle préfère rester diplomate avec la seule personne qu'ils connaissent sur l'île. Elle change de sujet, et fait le maximum pour inclure Bachir dans la conversation, mais arrivé du Soudan depuis seulement quelques mois, il ne parle que sa langue natale et très peu d'anglais.

Tout le monde se régale des boulettes de viande que Yannis a recommandées ; lui-même est végétarien, mais quand Théo lui demande pourquoi, il prend un ton mystérieux pour répondre qu'il lui expliquera un autre jour. Bercée par le brouhaha des diverses langues et rassurée par l'étreinte de sa mère, Clara s'assoupit sur ses genoux tandis que le repas se déroule gaiement. Pour ne pas la réveiller, Géraldine mange le plus délicatement possible ; elle-même est épuisée et donne le signal du départ dès que les assiettes sont vides. Julien prend tout le monde de vitesse en confisquant lestement l'addition, ce qui déclenche de vives objections de la part de Laurent, et un silence satisfait de Yannis.

Nouvel entassement à l'arrière de la Jeep et démarrage en trombe. Géraldine sort un foulard de son sac et l'enroule autour de la tête de sa fille, espérant amortir les chocs. Au deuxième virage, il s'envole et disparaît de sa vue avant qu'elle n'ait eu le temps de crier à Yannis de s'arrêter. Le vent s'est levé et à part Laurent qui a une coupe très courte, tous les autres ont les cheveux qui leur fouettent le visage.

— Ça fait mal ! gémit Clara en fermant les yeux.

— Tu m'étonnes, crie son frère dont la longue mèche s'est transformée en instrument de torture, faut un casque de moto pour monter dans cette bagnole !

La route qui mène à la maison de Yannis n'est pas goudronnée et la dernière partie du chemin est un calvaire. Enfin, une côte abrupte découvre une propriété qui surplombe la mer, à la pointe est de l'île.

Géraldine est la première à emboîter le pas à Yannis lorsqu'il leur présente les lieux.

Sa demeure est magnifique. Construite en pierres du pays et encadrée de végétation, elle trône majestueusement sur une petite colline. De part et d'autre, un escalier la relie à deux maisons plus petites situées une dizaine de mètres plus bas. Chacune dispose d'une terrasse ombragée grâce à des figuiers croulant sous leurs fruits.

— Les maisons sont très rapprochées ! constate Laurent. Je croyais qu'on serait… comment dire… plus indépendants.

— Mais bien sûr que vous êtes indépendants ! s'exclame Yannis, avant de se tourner en direction de la plus petite maison. Voilà, c'est chez vous ! annonce-t-il solennellement.

Jusque-là éblouie par la beauté des lieux, Géraldine déchante instantanément.

— Celle-là ? Elle… elle avait l'air plus grande sur les photos…

— Ah bon ? En fait, elle est très bien aménagée, il n'y a pas de place perdue… Je vais vous montrer.

Il ouvre la porte et entre, suivi de près par Géraldine qui prend bien soin de ne pas croiser le regard des autres.

La maison est très pittoresque, décorée de dizaines de bibelots à la fois hétéroclites et désuets qui ont de toute évidence été chinés au fil de voyages aux quatre coins du monde. Un salon donnant sur la terrasse dessert respectivement la cuisine, une salle de bains, et trois petites chambres. Triomphant, Yannis désigne le lit à barreaux ancien qui se trouve dans la dernière chambre.

— Vous voyez, j'ai fait installer lit-prison pour votre petit !

— C'est gentil, mais elle ne dort plus dans un lit à barreaux, précise Laurent. J'ai dû mal interpréter ce que m'a dit ma femme, je croyais que la maison serait plus grande.

— Elle est grande ! proteste Yannis. Et très bon plan : pas de couloir idiot comme chez vous en France ! Donc pas de place perdue.

— Mais… les chambres sont minuscules, bafouille enfin Géraldine. Je ne comprends pas, ce ne sont pas les photos que j'ai vues !

— Tu es sûre ?

— Et comment ! Le salon était immense ; il y avait de grandes banquettes, et je m'étais dit que Théo pourrait y dormir pour laisser une chambre à Julien.

— Ah ! Les banquettes, c'est chez moi… Peut-être je m'ai trompé. Peut-être j'ai montré les photos de maison à moi par erreur.

— Tu t'es trompé ? répète Laurent. Mais on va faire comment maintenant ?

— Pas de problème, on va trouver solution. Ma maison est ta maison, dit-il en passant son bras autour de l'épaule de Julien. Tu vas venir chez moi.

— C'est très gentil, répond l'intéressé, mais j'aime bien être seul. Je pourrais peut-être louer l'autre petite maison ?

— Mais non, soupire tristement Yannis. L'autre maison, c'est Maria. Maria, c'est maman. Cent ans bientôt ! Magnifique, non ?

— Magnifique, répond Géraldine de mauvaise grâce. Mais ça ne résout pas notre problème.

— Il n'y a pas problème ; venez, je vous emmène chez moi, vous allez voir : endroit parfait pour Julien.

Tout le monde le suit en file indienne.

— Il parle moins bien français depuis qu'il nous a couillonnés ! chuchote Laurent.

En entrant chez Yannis, tout le monde a la surprise d'être délicieusement saisi par la fraîcheur de l'air conditionné, et un soupir d'aise général se fait entendre.

— Il faudra que tu nous montres comment marche la clim chez nous, dit Laurent à Yannis.

— Je n'ai jamais dit clim chez vous ! On n'a pas parlé clim, n'est-ce pas ? se défend-il en se tournant vers Géraldine.

— Tu ne lui as pas demandé s'il y avait la clim ? demande Laurent à sa femme, en suant de plus belle, malgré la température réglée à 20 °C.

— Non, c'est vrai ; j'ai oublié de poser la question, dit-elle d'un ton maussade.

— Pas grave les amis, maintenant on va s'occuper de Julien… reprend Yannis.

Son salon est en effet très vaste ; dans un coin se trouve une mezzanine en pierres sur laquelle est aménagé un lit qu'il désigne à l'assistance.

— Voilà, normalement c'est Bachir qui dort ici, mais il va aller ailleurs pour laisser la place à Julien.

— C'est-à-dire, *ailleurs*, il va dormir où ? s'enquiert Julien.

— Par terre, plus loin.

Concert de protestations que Yannis balaie d'un énorme éclat de rire.

— C'est pas grave, il aime souffrir !

Géraldine, qui tient Clara dans ses bras depuis qu'ils sont arrivés, se laisse tomber sur une chaise. Elle est épuisée et tellement désemparée qu'elle n'a même pas la force de s'énerver. Surtout, elle se rend bien compte que ça ne changerait rien. Devant sa mine abattue, Laurent choisit de ne rien dire. Julien rompt la glace en éclatant de rire à son tour, et Yannis propose de se retrouver sur sa terrasse dans quelques minutes pour prendre un verre de bienvenue.

Laurent commence par refuser en prétextant la fatigue générale, mais Géraldine accepte et dit qu'elle va aller coucher Clara en attendant. Laurent la suit dans la maison.

— Qu'est-ce qui t'a pris d'accepter ? On est tous crevés et il me tape sur les nerfs !

— Chéri, il faut faire un effort, sinon ces vacances vont tourner au désastre et ça, ce n'est tout simplement pas possible. Alors puisque Julien a l'air de prendre les choses plutôt bien, ne vexons pas notre hôte et faisons un effort.

— Sans déconner, Géraldine, où tu l'as trouvé ? demande Théo. Dire que papa veut que je fasse un stage dans ton service commercial l'année prochaine ; si c'est toi qui as formé les mecs, je sens que je vais me poiler…

Il est interrompu par des éclats de voix qui retentissent jusqu'à eux. Laurent et Géraldine se figent et se regardent, consternés, tandis que Yannis sermonne Bachir parce qu'il y a trop de lumières allumées dans la maison.

— Tu as oublié que je suis pauvre ? crie-t-il, suffisamment fort pour s'assurer que tout le monde l'entend.

Un quart d'heure plus tard, tout le monde est confortablement installé dans des transats sur la terrasse de Yannis ; des bougies sont allumées un peu partout autour d'eux et la tension retombe devant la vue sur la baie et la côte turque qui se dessine à la lueur de la lune.

Yannis sert de l'alcool dans des petits verres.

— Une liqueur locale ? s'enquiert Géraldine.

— Non, de la grappa autrichienne, un cadeau de locataires allemands, répond-il tout naturellement.

Julien lui offre une énorme boîte de chocolats dont il s'empare avec enthousiasme.

— Merci, c'est très gentil !… Qui a payé ?

— Nous trois, répond Julien.

— Mais qui a payé le plus ?

Julien éclate de rire :

— Personne, je t'assure !

— Moi aussi j'ai des cadeaux pour vous !

Il s'incline cérémonieusement et tend à chacun un paquet qu'il accompagne d'un solennel *parakalo !* –

s'il vous plaît en grec. Chaque homme se voit offrir un komboloï, le petit chapelet de perles que les Grecs ont coutume de faire rouler entre leurs doigts ; et Géraldine hérite d'un bracelet avec œil porte-bonheur qui ressemble énormément à ceux que Théo a renversés à l'aéroport – à la différence que celui-ci est un peu rouillé.

Yannis propose un chocolat à ses invités qui se servent. Lorsqu'il leur présente à nouveau la boîte, ils déclinent son offre.

— Vous êtes sûrs ? Parce que vous ne reverrez jamais ces chocolats. Je vais prendre la boîte dans ma chambre et chaque soir, je compterai le nombre de chocolats. S'il en manque un, je coupe la main de Bachir !

Une fois de plus, il ponctue sa phrase d'un éclat de rire, mais cette fois, Julien a du mal à l'imiter.

Au moment de se séparer, Laurent se penche vers son ami :

— Toi qui as horreur de la promiscuité, tu es servi ! Vraiment désolé, vieux…

— Ne t'en fais pas pour moi. Je suis surtout emmerdé pour Bachir… Au fait, tu as noté qu'en Grèce, esclave se dit assistant…

— Le pauvre ! compatit Géraldine. Écoutez, je suis vraiment navrée pour ce bordel, mais tout va bien se passer, vous verrez. Julien, lui dit-elle en lui prenant le bras, j'espère que tu n'es pas trop contrarié. De toute manière, tu seras chez Yannis uniquement pour dormir ; le reste du temps, tu seras avec nous…

— Je ne suis pas inquiet, répond-il d'un ton convaincant.

Une fois de retour dans leur maison, Géraldine commence à défaire les valises et ranger les vêtements dans les armoires.

— Viens te coucher ! On fera ça plus tard, lui dit Laurent en se glissant sous la moustiquaire.

— Tu me connais, je n'aime pas remettre au lendemain… C'est marrant, il n'y a pas de miroir dans les chambres.

— Comme dans les hôpitaux psychiatriques. Au moins, ça va avec l'atmosphère générale.

— En tout cas, la maison est petite, c'est vrai, mais drôlement bien décorée.

— Si on aime les maisons de poupées !

— Tu es de mauvaise foi.

— Simple affaire de goût. Dis-moi plutôt ce que tu penses de Julien, tu le connais un peu mieux maintenant.

— C'est marrant, quel que soit le sujet, on dirait que vous êtes toujours en train d'avoir la même conversation, un peu comme si vous l'aviez reprise exactement là où vous l'avez laissée la dernière fois.

— C'est exactement ça : c'est comme si on poursuivait le même dialogue depuis vingt-cinq ans. Tu as raison de dire que le débat n'est pas très élevé, mais on s'en fout. Le simple fait que ce soit notre propre petit monde nous suffit.

— Je n'en fais pas partie, de votre petit monde...

— Probablement. Mais je te signale qu'il m'arrive aussi de me sentir exclu à tes côtés.

— Quand ? Donne-moi un exemple…

— Disons… quand tu discutes du menu de Noël avec ta mère.

— Ça n'a rien à voir !

— Ah bon ? Peu importe. Et puis on va pas commencer à parler de ta mère. Ce que je voulais dire, c'est que moi aussi, dans certains contextes, je ne me sens pas concerné, mais ça ne me pose aucun problème. Je te dis ça pour te rassurer.

Non. Ça ne rassure pas du tout Géraldine.

Laurent regarde sa femme et se demande ce qu'il a bien pu dire pour qu'elle se rembrunisse à ce point. Elle rompt le silence par un hoquet retentissant. Un hoquet qui l'humilie car il la trahit, puisque tous ses proches savent que chez elle, c'est un signe de forte contrariété.

Elle s'efforce de le contenir et de reprendre dignement la discussion, une tâche particulièrement difficile quand survient un nouveau hoquet qui la force à bloquer sa respiration au beau milieu d'une phrase.

— Tu ne m'avais jamais parlé de son livre… dit-elle d'un trait.

— Je n'en ai pas eu l'occasion… Et puis pourquoi je t'aurais parlé de ce livre ? Ce n'est pas une œuvre personnelle.

— Alors c'est quoi ? Un truc de potache ?

— Non plus. Le contenu a du sens. Mais il ne définit pas Julien.

— Et qu'est-ce qui le définit alors ?

— Sa culture, sa discrétion ; le fait qu'il reste cool en toutes circonstances… Franchement, moi ça m'aurait rendu dingue d'être invité chez des amis pour me retrouver dans le salon d'un mec comme Yannis… Et le connaissant, ça ne doit pas lui plaire du tout ! Mais il n'a pas bronché… Et il avait pensé à lui apporter des chocolats alors qu'il ne pouvait pas savoir qu'il échouerait chez lui. C'est typiquement lui : il est très généreux.

— Oui, enfin, généreux, s'il les a payés, les chocolats ! Parce qu'à l'aéroport, quand il a vu que je n'avais pas le temps de régler ma revue, il l'a chourée !

Laurent éclate de rire.

— C'est pas drôle ! s'exclame Géraldine.

— Mais si ! De toute manière, il n'aurait jamais fait un cadeau s'il ne l'avait pas acheté. Et j'ai trouvé ça très classe de dire que les chocolats venaient de nous trois.

— Moi j'ai trouvé ça très gênant.

— Pourquoi ?

— D'abord parce que c'est faux, ensuite parce que je me suis sentie coupable de ne pas y avoir pensé moi-même…

— Coupable de quoi ? On lui paie une location quand même, et pas donnée en plus ! Sans compter qu'il t'a arnaquée. J'y crois pas une seconde, qu'il se soit trompé en te montrant les photos…

— Peut-être, mais ce n'est pas la question, j'aurais dû penser à lui apporter quelque chose.

— Julien y a pensé, et il nous a inclus dans son geste.

— Ce n'était pas utile ; maintenant, je me sens redevable envers lui.

— Redevable ? Mais de quoi tu parles ? Comme si un truc pareil pouvait lui venir à l'idée !

— Tu as raison, il est probablement trop élégant pour ça…

Laurent se tourne sur le côté et éteint la lumière.

— Ça, tu vois, c'est ce qui s'appelle de la mauvaise foi.

Géraldine finit de ranger le contenu des bagages, son hoquet est enfin dominé et elle vient s'allonger près de Laurent, mais elle ne parvient pas à s'endormir. Tandis qu'il ronfle paisiblement, elle cherche le sommeil en se répétant inlassablement : « Tout va bien se passer. »

Il faut que tout se passe bien. Pour elle, l'enjeu va bien au-delà de la réussite de ses vacances : ce voyage est l'occasion de consolider une union qu'elle considère comme la dernière chance que la vie lui accordera.

Tandis qu'elle tourne et se retourne dans le lit, elle repense à la fin prématurée de son premier mariage. Un échec qui l'avait laissée comme assommée. Après la naissance d'Émilie, elle avait passé un an à s'émerveiller de la venue de cet enfant qui semblait ne vivre que pour elle. À peine avait-elle soigneusement accroché ses photos de famille idéale aux murs que, déjà, de nombreuses disputes survenaient entre elle et son mari – elle ne savait même plus pourquoi en y repensant. Il lui arrivait de se plonger dans cette période de sa vie, mais aucun souvenir précis ne lui revenait, un peu comme si tout ce qu'elle conservait de ces années à trois se confondait dans un lointain brouhaha.

Ce qu'elle se rappelait très bien en revanche, c'est le moment précis où, stupéfaite, elle avait entendu le constat tranquille de son époux : « Je me suis trompé. Ça ne marchera jamais. Séparons-nous avant de nous détester. »

Pas un instant jusque-là, elle n'avait envisagé la fin de leur histoire. Comme un enfant qui joue à se faire peur dans le noir, elle avait parfois essayé de se projeter sans lui, mais cette éventualité la plongeait dans un tel désarroi qu'elle y renonçait aussitôt.

Pourtant, en écoutant son mari évoquer leur divorce sur le ton de l'évidence, elle n'avait pas lutté. Renoncer n'était certes pas dans ses habitudes, mais elle était assez lucide pour reconnaître que la vie de couple ne lui avait rien offert de ce qu'elle en attendait. Géraldine ne s'était jamais habituée au confort de la monotonie, et d'une certaine manière, elle sentait bien que son mari lui rendait un peu service en la condamnant à vivre autre chose.

C'était donc si simple ? Non. Elle avait souffert, et plusieurs années difficiles avaient suivi ; mais c'était une battante et elle n'avait pas tardé à voir dans l'obligation de gagner sa vie l'occasion de se jeter corps et âme dans l'affaire qu'elle rêvait de monter.

Passionnée de cosmétiques, elle avait fait ses études à l'Institut Textile et Chimique de Lyon, et formait depuis longtemps le projet de créer une marque de produits fabriqués à partir d'huiles essentielles.

Cela signifiait monter un laboratoire et embaucher plusieurs personnes. Ses parents lui avaient bien prêté un peu d'argent, mais c'était largement insuffisant pour financer son projet, alors elle était partie à l'assaut de son banquier. Séduit par son charme et son enthousiasme, il avait fini par accepter de la suivre dans cette entreprise.

Pendant plusieurs années, elle s'y était consacrée corps et âme ; le reste de son temps libre revenant tout naturellement à sa fille. Ingénieur électronicien, son ex-mari était parti travailler chez Nokia en Finlande. Il ne voyait Émilie que lors des congés scolaires, et se complaisait dans un rôle de père providentiel, voire de Père Noël, joyeux et généreux, d'un zèle sans égal pour organiser ses loisirs, beaucoup moins performant lorsqu'il s'agissait de veiller à la bonne exécution des devoirs de vacances. Géraldine avait assumé seule son éducation, une tâche à laquelle elle consacrait toutes les heures qu'elle ne passait pas à travailler. Elle s'était volontiers contentée d'une vie sociale minimaliste, les rares aventures sentimentales qu'elle avait connues s'étaient soldées par un échec, ce qui ne la révoltait guère tant elle avait le sentiment d'avoir peu à offrir à un homme.

Elle avait rencontré Laurent après une longue période de désert affectif, alors qu'elle venait de fêter ses quarante ans, et était tombée amoureuse de lui instantanément, en lui faisant passer un entretien d'embauche pour un poste de chef de marketing. Elle lui avait immédiatement confié le job, si bien que trois ans plus tard, il lui arrivait encore de se demander si c'était bien lui qu'elle aurait engagé s'il ne lui avait pas autant plu.

Si elle avait lutté contre les sentiments qu'elle éprouvait pour son employé, lui, en revanche, avait parfaitement assumé l'attirance qu'il ressentait pour elle. Il aimait contempler son visage fin aux grands yeux sombres et francs, encadré de longs cheveux bruns qui descendaient en cascade dans son dos. Ses traits avaient une beauté classique et intemporelle qui l'émouvaient. Il appréciait aussi sa chaleur et son dynamisme ; des qualités qui définissaient également son entreprise. L'enthousiasme de Géraldine était communicatif, et depuis qu'il la connaissait, Laurent, qui était plutôt du genre contemplatif, se sentait pousser des ailes ; il voulait l'impressionner, la surprendre, et n'avait jamais travaillé avec autant de réussite. Décomplexé, il avait trouvé naturel de courtiser sa patronne de la même manière que s'il s'était agi de n'importe quelle autre femme. Lorsqu'il l'avait invitée à dîner pour la première fois, elle avait vaguement balbutié une objection concernant le fait de sortir avec un subordonné. D'abord surpris, il avait ensuite semblé amusé, et s'était contenté de lui demander si elle aimait la cuisine indienne.

Après leur première nuit, elle avait murmuré du ton lascif de la femme comblée : « C'est con ; maintenant je vais devoir te virer… » Croyant à une plaisanterie, il n'avait pas répondu, et la mort dans l'âme, Géraldine s'était sentie obligée de revenir sur le sujet quelques jours plus tard. Laurent ne comprenait pas où se situait le conflit d'intérêts qu'évoquait Géraldine à grand renfort de métaphores maladroites, mais il avait répondu qu'il était prêt à perdre son travail si c'était le prix à payer pour rester avec elle. Profondément touchée, Géraldine s'y était alors opposée catégoriquement – et puis il n'était pas question de sortir avec un chômeur. Quinze jours plus tard, elle l'avait promu directeur du développement et de la stratégie.

Pendant une année, elle avait tenu à ce que leurs amours restent clandestines ; ils avaient donc continué à se vouvoyer et à conserver une certaine distance au bureau, ce qui avait à la fois attisé la tension sexuelle entre eux, et entretenu le romantisme de leur relation.

Puis, un jour, lors d'une visite de routine chez le gynécologue, Géraldine avait appris qu'elle était enceinte de quelques semaines. Abasourdie mais folle de joie, elle avait été rassurée de voir Laurent accueillir la nouvelle avec naturel et bonhomie – un peu comme il acceptait toutes sortes de nouvelles d'ailleurs – et les choses étaient allées très vite. Émilie aimait beaucoup Laurent et s'entendait plutôt bien avec Théo, son fils ; il n'y avait donc aucun obstacle à former ensemble une famille recomposée aussi épanouie que celles évoquées dans les magazines féminins qui tenaient compagnie à Géraldine lors de ses rapides pauses déjeuner. Deux mois plus tard, ils étaient mariés.

Géraldine avait appréhendé sa grossesse tardive et son second mariage avec sa fougue de chef d'entreprise, bien décidée à ne pas se laisser vaincre par l'adversité qui ne manquerait pas de se présenter – elle était au moins lucide sur ce point. Intuitivement, elle sentait bien qu'elle ne pouvait pas se le permettre. Elle n'avait pas été habituée à l'échec et n'arrivait pas à éprouver de compassion envers ceux qui les collectionnaient.

La naissance de Clara avait été synonyme d'une immense joie, mais aussi d'un chaos absolu, la petite s'étant révélée une incorrigible noctambule, qui attendait que ses parents partent travailler pour passer sa journée à dormir paisiblement en compagnie d'une nounou qui n'avait jamais connu d'enfant aussi calme.

Cette même année, Émilie passait son bac, tandis que Théo connaissait son premier chagrin d'amour.

Littéralement épuisée, la famille décomposée avait passé son premier été à tenter de se remettre de toutes ces émotions dans un état de parfaite hébétude.

Le mois d'août s'était déroulé à la campagne, dans un climat de torpeur, voire d'indifférence générale.

Dès la rentrée, Géraldine l'avait regretté, d'autant plus que c'était peut-être le dernier été qu'ils passaient tous ensemble, puisque Émilie, qui avait été reçue à son bac, avait décidé de poursuivre ses études en Australie. Dans un premier temps, sa mère s'y était opposée – pourquoi partir ? et pourquoi si loin ? – Émilie s'était donc inscrite en fac à Paris, mais elle avait secrètement accompli les démarches de son côté, et quelques mois plus tard, Géraldine avait découvert dans son courrier une enveloppe à l'en-tête de *Macquarie University, Sydney*, qu'elle avait aussitôt ouverte. D'abord ulcérée de voir que sa fille avait outrepassé son interdit, elle n'avait pu s'empêcher d'être impressionnée par l'en-tête du courrier : *Department of Modern History, Politics, International Relations and Security*. Quelle succession de termes nobles et prometteurs… Intérieurement, elle avait alors salué la détermination d'Émilie, puis son cœur de mère avait parlé : elle ne pouvait pas priver sa fille d'une opportunité pareille.

Dès la décision du départ entérinée, elle s'était mise au service d'Émilie et l'avait aidée à tout organiser afin qu'elle ne rate pas le semestre qui débutait en juillet.

En embrassant sa fille à la porte d'embarquement, elle avait réalisé combien il lui était douloureux de voir son premier bébé quitter le nid. Un mois plus tard, son absence se faisait cruellement sentir, et Géraldine s'était juré de faire en sorte que les semaines passées en Grèce soient inoubliables, pour elle, pour Laurent et leur petite fille, qui ne pensait pas encore à la déserter.

Trouver la maison de ses rêves tout en respectant son budget avait été difficile, car même si son entreprise avait connu un essor permanent, son équilibre financier – et par conséquent, celui de sa dirigeante – demeurait précaire. Les premières années, il avait fallu rembourser les banques, puis lorsque Géraldine s'était crue en sécurité, d'autres impératifs s'étaient présentés. Il y avait toujours du matériel à acheter pour le laboratoire, des travaux de mise en conformité incontournables, des investissements dans la recherche pour ne pas rester à la traîne derrière ses concurrents. L'argent filait. Il fallait toujours se battre. Dès que Géraldine avait l'impression que sa société allait enfin prospérer, des charges imprévues lui tombaient dessus. Prudente, elle se versait donc un salaire qui lui permettait une vie confortable, mais sans excès. Toutes ses économies avaient servi à financer la première année d'études d'Émilie en Australie, et sitôt sa fille partie, lorsqu'elle s'était plongée dans l'organisation des vacances, elle n'avait pas mis longtemps à constater que son budget n'était pas à la hauteur de ses aspirations.

Tandis qu'elle cherchait le sommeil, elle avait bien du mal à ignorer la petite voix obsédante qui lui chuchotait : « Ça commence mal… » Elle se tourna une fois de plus. À travers les persiennes, elle pouvait discerner les premières lueurs de l'aube et elle comprit qu'elle ne dormirait plus. Il était temps de se ressaisir. « Demain est un autre jour », se dit-elle en se levant discrètement, juste avant de se prendre les pieds dans la moustiquaire et de tomber sur le plancher avec un bruit sourd.

Cela fait plus d'une heure que Géraldine est sur la terrasse, à attendre que quelqu'un se réveille, mais personne ne bouge. Elle se laisse absorber par la contemplation du lever du soleil et la découverte des lieux à la lumière du jour, et en ressent un profond bien-être, jusqu'au moment où son seuil de tolérance à l'inactivité est clairement franchi. Elle se plonge alors avec délices dans la lecture de son livre de botanique quand, soudain, une petite tache noire sur le sol attire son regard. La petite tache, un cafard en réalité, fait un pas vers Géraldine. Pour cette dernière, qui souffre d'une épouvantable phobie des insectes, c'est tout simplement une vision d'horreur. Elle se fige, paralysée par l'effroi. Le monstre fait un autre pas ; c'en est trop pour Géraldine qui bondit et rentre en courant dans la maison.

Adossée à la porte, elle reprend son souffle et tend l'oreille en quête d'un bruit qui signifierait que quelqu'un s'est réveillé, mais c'est toujours le silence total. Elle noue ses longs cheveux en tresse ; c'est un geste machinal qui a le don de la calmer – et puis il faut laisser le moins de prise possible à l'ennemi. Géraldine décide d'inspecter la cuisine afin de voir s'il y a de quoi préparer le petit déjeuner. Elle y trouve un mot de Philippe, posé sur la table : « Welcome boss ! » L'écriture familière de celui qui fut son premier employé et qui travaille avec elle depuis plus de quinze ans lui réchauffe le cœur, et lui fait implicitement croire que, conscient de son arrivée prochaine, il lui a laissé un paquet de biscottes ou de biscuits permettant de prendre un semblant de petit déjeuner avant les premières courses ; mais non. Ce petit mot a dû lui sembler suffisant, car les placards sont désespérément vides. Rien non plus dans le frigo, à part un fond de paquet de café permettant tout juste d'en faire une demi-tasse. Hypocritement, elle a fait un peu plus de bruit que nécessaire pour sonner le réveil de ses troupes, mais même Clara, habituellement levée aux aurores, continue à dormir.

Elle risque un coup d'œil sur la terrasse ; le monstre a disparu, ce qui lui permet de revenir prendre place dans son transat, non sans avoir soigneusement regardé où elle met les pieds. Elle fait une liste de courses, puis une liste annexe avec les produits d'entretien dont elle aura besoin pour que la maison soit impeccable. Puis elle laisse deux messages à Philippe – le premier pour l'engueuler de ne pas l'avoir prévenue que la maison à louer n'était pas celle sur les photos ; le second, beaucoup plus posé, pour lui demander s'il a des conseils à lui donner pour la suite. Enfin, elle commence une nouvelle liste comportant des idées de menus pour les jours à venir.

Du coin de l'œil, elle guette la maison de Yannis et lorsqu'elle le voit enfin apparaître, elle se précipite sur lui.

— Yannis !

— *Kalimera* ! C'est bonjour en grec.

— Euh… *Kalimera*. Dis-moi, je ne comprends pas ; j'ai essayé de me connecter à Internet, mais ça ne marche pas. Tu m'as pourtant dit qu'il y avait du wi-fi…

— Oui, wi-fi marche très bien, mais seulement sur le toit.

— Pardon ?

— Il faut aller sur le toit de ma maison, mais tu verras, il y a un escalier derrière pour monter, et là-haut c'est une terrasse, donc pas de problème.

— Enfin, pas de problème, je veux bien, mais ce n'est pas très pratique… Surtout qu'il doit faire très chaud là-haut !

— Très chaud, oui ! Mais seulement la journée. Il faut y aller tôt le matin, ou le soir.

— C'est bien ce que je disais, ce n'est pas très pratique ! J'aurais dû prendre mon BlackBerry…

— Ah, mais ici, c'est les vacances, alors maintenant, relaxation ! Le premier jour, c'est moi qui offre le petit déjeuner alors tu vois, tout est magnifique. Je vais préparer et je vous appelle quand c'est prêt.

Il tourne les talons et laisse Géraldine en proie à un mélange de colère et d'abattement. Elle n'aurait jamais dû céder à la demande de Laurent.

Sentant déjà la température monter, elle revient chez elle pour prendre son ordinateur et monte sur le toit. Pas une zone d'ombre et un thermomètre indique déjà 28 °C ; pas une chaise non plus et elle s'assied par terre. Géraldine pousse un énorme soupir de soulagement en constatant que la connexion fonctionne. Elle regarde avec ravissement ses mails entrants défiler sous ses yeux et savoure cet instant béni où elle se sent renaître.

Elle ouvre précipitamment celui envoyé par Émilie, sa chérie du bout du monde, comme elle l'appelle désormais.

Mamoune !

Mes meubles sont en quarantaine et je ne les aurai pas avant 2 voire 4 semaines !!! Sans déconner, c'était n'importe quoi cette idée de m'envoyer mon bureau et l'armoire de ma chambre, soi-disant pour que je me sente chez moi !

Résultat : mes fringues sont toujours dans mes valises (qui ressemblent de plus en plus à des malles chez un fripier) et je travaille par terre ! Mais à part ça, je suis toujours aussi contente. Les cours sont top et l'ambiance sur le campus très cool.

La vie coûte plus cher que prévu alors je crois qu'il faudra revoir mon budget à la hausse. Mais bon, on verra ça plus tard, en attendant je fais au mieux.

Biz Mamoune, je t'aime.

Embrasse tout le monde, tu me manques grave !

Géraldine lui répond par un mail fleuve dans lequel elle s'excuse pour les meubles – en y repensant, une idée idiote – et l'accable de conseils, les mêmes qu'elle lui répète depuis son départ : il faut profiter de cette expérience pour s'imprégner d'une autre culture, mais ne pas oublier qu'elle est là pour travailler ! Elle doit penser à manger équilibré, dormir au moins huit heures, mettre sa crème hydratante avant de se coucher, et se méfier des inconnus, car même à dix-huit ans, on est encore petite, si petite. Elle se relit et efface cette dernière phrase.

Puis elle traite ses mails professionnels comme elle le fait toujours : avec concision et efficacité. Il lui faut moins de deux lignes pour refuser d'accorder une ristourne commerciale à un client, en formulant sa phrase avec une telle délicatesse qu'elle a la certitude qu'il ne lui en voudra pas.

De retour dans la petite maison, elle entre dans sa chambre et trouve Laurent enfin réveillé.

— *Kalimera* ! C'est bonjour en grec, mon amour, dit-elle en s'allongeant près de lui pour l'embrasser.

— Bonjour, chérie… Quel enfer : j'entends l'autre brailler depuis un quart d'heure.

— C'est parce qu'il nous invite à prendre le petit déjeuner chez lui ce matin.

— Je préfère m'en passer si ça lui donne des raisons de martyriser son esclave.

— Allez, c'est gentil de sa part ! Et puis je te signale qu'on n'a rien à manger, alors on n'a pas le choix.

Un tonitruant « C'est prêt ! » retentit, aussitôt suivi de l'ouverture d'un opéra. Yannis a mis le volume à fond, si bien que la voix de la Callas emplit la pièce. Tiré de son sommeil, Théo fait son apparition, plus ébouriffé que jamais. Sa longue mèche, maltraitée par le vent la veille, est littéralement dressée sur sa tête, au plus grand mépris des lois de la pesanteur. Clara trottine derrière lui. Elle a toujours adoré surprendre ses parents en escaladant les barreaux de son lit, et ne peut dissimuler un sourire coquin devant la moue de désapprobation totale qui salue son apparition.

— J'en reviens pas qu'on puisse vraiment vivre jusqu'à cent ans ! marmonne Théo, qui a tendance à réagir avec un temps de retard.

La famille se dirige vers la terrasse de Yannis, découvrant Julien déjà attablé, les yeux cernés et l'air endormi.

— Tu es tout seul ? lui crie Laurent.

— Non, il y a environ trois cents mouches qui me tiennent compagnie.

Une très belle table a été dressée, mais à peine les nouveaux venus se sont-ils assis que Yannis surgit avec un chasse-mouches, en aplatit quelques-unes, puis décide que ce ne sera pas possible, il n'a jamais vu une invasion pareille, on va plutôt manger à l'intérieur.

Dans la maison, *Norma* résonne aussi magistralement qu'à la Scala de Milan ; le petit déjeuner prend aussitôt l'allure d'une scène du *Parrain*, juste avant un carnage. Un peu intimidés, les Français dégustent des tartines de pain, beurre, miel local, et marmelade de figues maison.

— J'en offre un pot à chacun de mes amis pour Noël. Imbattable, comme rapport qualité prix !

Personne, cependant, n'ose en abuser, étant donné la recommandation que Yannis vient de faire à Bachir qui s'apprêtait à remplir la corbeille de pain :

— *Don't cut all the bread, it's expensive !*

À ce moment-là entre une vieille femme minuscule ; c'est Maria, la mère de Yannis. Il se précipite vers elle, la couvre de baisers, et songe enfin à baisser le son de la chaîne stéréo. Maria est cramponnée au bras de sa garde-malade, une jeune Ukrainienne prénommée Olga. Petite, boulotte, elle se tient droite, les jambes légèrement écartées et solidement ancrées au sol, et affiche en permanence un sourire paisible, qui donne l'impression qu'elle saurait venir à bout de n'importe quel problème sans ciller. Yannis installe sa mère à table, à côté d'Olga qui ne la lâche pas d'une semelle.

Les Français les saluent, mais Maria ne répond pas. Elle se contente de regarder droit devant elle d'un air sévère.

— Comment s'appelle le personnage de *Psychose* qui vit avec sa charmante maman ? demande Julien à voix basse à Laurent.

— Norman Bates.

— Voilà. Nous sommes chez lui.

— C'est le film avec la scène de la douche ? demande Géraldine. Je ne l'ai jamais vu ; qu'est-ce qui t'y fait penser ?

— Norman Bates possède un motel et sa mère poignarde une pauvre cliente qui a échoué chez lui par hasard. Je ne peux pas m'empêcher d'y voir une certaine analogie avec ma situation.

— Techniquement, ce n'est pas sa mère qui poignarde ; c'est lui déguisé en sa mère, précise Laurent.

— Certes, mais du point de vue de la victime, tu admettras que ça ne fait pas une grande différence.

— Julien ! s'écrie Yannis. Si tu ne finis pas ta tartine, je te jette à la mer !

— C'est bien ce que je disais.

Le français, le grec, l'anglais se baragouinent et s'entremêlent ; Géraldine, qui a pris des cours de russe lorsqu'elle a investi le marché slave, tente quelques phrases courtoises à l'intention d'Olga, mais les seuls sons qui dominent demeurent les hurlements de Yannis, principalement destinés au pauvre Bachir qui tente de rester digne.

Le repas s'achève. Olga sort un tube de crème de sa poche et commence à masser délicatement les mains de Maria. Géraldine reconnaît un de ses produits, et son visage s'illumine.

— C'est mon fluide pour les mains ! Tu l'as acheté en France ? demande-t-elle à Yannis.

— Non, c'est un cadeau de Philippe. Il m'a donné plusieurs crèmes de chez toi.

— Tu me diras celles que tu préfères, je t'en enverrai, lui dit-elle gentiment.

— Envoie ce que tu veux ; je ne vais pas les utiliser : je les garde pour les offrir à Noël, à ceux qui ont déjà eu la confiture plusieurs fois.

Légèrement froissée, Géraldine se lève et décide de prendre les choses en main. Elle demande à Yannis s'il peut les emmener en ville afin qu'ils louent une voiture, puis qu'ils aillent faire des courses pour leur maison.

— Pas de problème ; pour la voiture, je vais vous emmener chez mon ami Manoli, meilleur loueur de l'île.

Il ordonne à Bachir de tout ranger rapidement car le départ pour la ville aura lieu dans cinq minutes. Géraldine fonce chez elle prendre la poussette de Clara et préparer un sac, et tout le monde se retrouve devant la voiture.

— Comme tu es mignonne avec ta casquette ! s'exclame Yannis en regardant Clara. Celle-ci la jette aussitôt au sol, ce que tout le monde prend pour une manifestation d'hostilité envers les couvre-chefs, alors qu'elle cherche seulement à manifester son exaspération envers ce grand dadais qui lui parle comme si elle était demeurée.

Bien décidée à montrer qu'elle maîtrise la situation, la fillette anticipe les chocs à venir en se cognant volontairement la tête contre le rebord de la Jeep. Passant complètement à côté de cet élan de bravoure, Laurent et Géraldine se précipitent sur elle et la consolent. Dépitée par le manque de clairvoyance de ses parents, Clara se laisse câliner en affichant un air stoïque.

Même sans les valises, l'entassement dans la voiture est aussi acrobatique que périlleux, car Yannis a décidé d'emmener sa mère prendre l'air – « La pauvre, elle a Alzheimer. » La vieille dame prend donc place sur le siège passager tandis que Bachir et Olga viennent s'ajouter à la petite troupe cramponnée à l'arrière. À peine la voiture a-t-elle démarré que les passagers sont secoués dans tous les sens. Seule Clara, cramponnée au cou de son père, rit aux éclats, tandis que les autres poussent des petits cris étouffés à chaque bosse du chemin jonché de cailloux.

— C'est comme pour les tremblements de terre, commente Julien à Laurent, il y a toujours des répliques…

Géraldine, la plus légère d'entre tous, ne sait plus quoi inventer pour ne pas se cogner trop fort. Elle finit par opter pour une position accroupie, les mains solidement agrippées au rebord, ce qui lui permet d'alterner flexions et extensions en fonction du parcours. Bientôt, elle n'a plus assez de salive pour crier « attention ! » et se résigne.

Enfin, au détour d'une route escarpée, ils parviennent chez le loueur de voitures. Malheureusement, le guichet est vide.

— Il faudra revenir plus tard, constate Yannis après avoir jeté un œil aux alentours.

— De toute façon, le parking est minuscule ; il doit y avoir très peu de choix ; on peut aller chez un autre loueur ? demande Laurent.

— Non, celui-ci vraiment meilleur. En attendant, pourquoi pas aller dans le village voisin pour visiter l'atelier de mon ami sculpteur ?

— Une escapade culturelle, quelle bonne idée ! se réjouit Géraldine tandis que Théo soupire ostensiblement.

— Franchement, je serais bien allé voir à quoi ressemble la plage, dit Laurent.

— On a tout le reste des vacances pour ça ! répond sa femme. N'est-ce pas Julien ?

Celui-ci se contente de hocher la tête en souriant et remonte à l'arrière de la Jeep en boitant légèrement.

Le sculpteur les accueille avec douceur et prévenance. Son visage ridé, ses longs cheveux blancs et sa barbe assortie sont ceux d'un vieillard, mais sa prestance et sa vivacité sont telles qu'il est difficile de lui donner un âge. Yannis le présente avec un mélange de grandiloquence et de gestes obséquieux censés montrer l'importance de son ami, mais ce dernier affiche un air blasé et peu concerné par ses gesticulations, faisant de lui un complice tacite des Français. Après avoir offert à boire à ses visiteurs, le sculpteur leur explique son travail dans un excellent français, qu'il parle avec un léger accent britannique. Ses sculptures mêlent les personnages de la mythologie à ce qu'il nomme les « nouvelles divinités » : cartes de crédit, repas de fast-food, ou bien ordinateurs, téléphones portables, et autres éléments issus des nouvelles technologies. Yannis ponctue l'exposé de son ami en demandant le prix des œuvres présentées, une question que chacun ignore, y compris l'intéressé. Un peu en retrait, Olga offre à Clara des bonbons miraculeusement dissimulés dans ses poches. Chaque sucrerie est accompagnée d'un *Pajalsta*, l'équivalent russe de *Parakalo*. Un jeu s'installe entre la petite fille et la jeune femme. Olga fait semblant d'écouter le discours du sculpteur ; elle se concentre, le fixe durant plusieurs minutes, et sans le quitter des yeux, fait soudain apparaître un bonbon entre ses doigts. Clara, qui guette chacun de ses gestes en retenant son souffle, pousse alors un cri de joie – de plus en plus sonore au fil du jeu. Elle se jette sur la friandise et se met à la mastiquer bruyamment, au grand dam de sa mère qui a toujours eu horreur qu'on donne des sucreries à ses enfants sans lui demander son avis, et craint que l'élégant artiste ne trouve sa fille mal élevée, ou pire, mal nourrie.

La visite guidée tourne court : au bord de la crise de foie, Clara se désintéresse d'Olga et ne tarde pas à manifester un vif intérêt pour les outils métalliques qui jonchent le sol, contraignant Laurent à sortir dans le jardin avec elle. C'est à ce moment qu'Olga se rend compte que Maria a disparu. Elle l'appelle et sort en courant ; Yannis se précipite derrière elle en poussant des cris de αλιάετος[1], suivi de près par Bachir, Géraldine et Théo.

— Ils la retrouveront, pas d'inquiétude, dit le sculpteur en souriant à Julien.

Restés seuls, les deux hommes se lancent dans une grande conversation portant sur la cosmogonie gréco-romaine. Dix minutes plus tard, Olga finit par retrouver Maria sur la route, cent mètres plus loin, en train de cueillir des fleurs sauvages sur le bas-côté. Yannis court vers sa mère ; il la soulève dans ses bras de colosse et l'embrasse avec effusions ; elle ne dit pas un mot tandis qu'il la prend par la main et la ramène avec lui comme s'il s'agissait d'une petite fille, tout en hurlant sur Olga, jugée impardonnable d'avoir quitté Maria des yeux. La garde-malade reste imperturbable

1. Orfraie, en grec.

et la vieille dame lâche la main de son fils pour venir se blottir dans ses bras, ce qui contraint Yannis à se calmer. Olga sort un berlingot de sa poche miraculeuse, et le donne à Maria qui se jette dessus et l'engloutit avec autant d'enthousiasme que Clara un peu plus tôt. Gênés d'assister à cette scène, Géraldine et Théo s'éloignent, et rentrent dans l'atelier où Julien et le sculpteur poursuivent leur débat paisiblement. Géraldine se joint à eux, mais Yannis surgit et les interrompt. Visiblement très contrarié par la récente disparition de sa mère, et plus encore par le fait qu'elle se soit consolée dans les bras d'Olga plutôt que dans les siens, il précipite les adieux et pousse tous les visiteurs vers la sortie.

— C'est vu ? Vous n'achetez rien ? Alors on s'en va !

Le sculpteur les raccompagne, imperturbable.

— J'expose à Paris cet automne. Si vous le permettez, je prendrai vos coordonnées ; j'aimerais beaucoup vous inviter au vernissage.

Les Français ont tout juste le temps de le remercier ; ils le quittent à regret pour remonter dans la voiture où Yannis a déjà pris place.

Une fois que tout le monde est installé à l'arrière, il s'écrie :

— J'ai faim et de toute manière, je trouve les artistes inutiles. Le seul objet d'art, c'est l'arbre.

Puis il démarre en trombe. La casquette de Clara s'envole, Géraldine hurle, mais rien n'arrête la course folle de la Jeep.

À l'entrée d'un village, Yannis freine brutalement – ce qui ne manque pas de provoquer les multiples collisions désormais habituelles à l'arrière – et décrète :

— Pas la bonne heure pour faire les courses. Je propose de déjeuner dans une taverne d'abord.

Il redémarre sans attendre que ses hôtes lui aient donné leur avis et va se garer sur une petite place. Un policier s'approche aussitôt pour lui signaler qu'il est interdit de stationner à cet endroit, mais il lui répond simplement :

— Bonjour, je suis Yannis.

Il descend de la voiture et en fait le tour pour aider sa mère. Le policier reste indécis durant quelques secondes, il regarde les passagers s'extirper de l'arrière l'un après l'autre, puis il s'éloigne sans un mot.

— Comment tu expliques un truc pareil ? demande Géraldine, stupéfaite, à son mari.

— Je ne l'explique pas. Je tenterais bien un « Moi, c'est Laurent » la prochaine fois que je me ferai arrêter à Paris, mais je doute que ça me permette de m'en tirer.

— Je crois que le flic est juste en train d'halluciner, suggère Julien. Parce que non seulement la place est interdite, mais en plus, on est quand même neuf dans cette bagnole, dont un enfant pas attaché !

— Et puis, le Yannis, il est pas seulement fou, il est balèze ! complète Théo. Même le flic, il doit pas trop avoir envie de discuter avec un molosse d'un mètre quatre-vingt-dix !

Yannis, tout autant maître des lieux dans un restaurant que chez lui, place les convives et préside la table. La discussion s'oriente vers le cinéma, ce qui le conduit à livrer son opinion sur les actrices qui l'ont fait rêver durant son enfance, mais qu'il méprise aujourd'hui – Sophia Loren est une vieille peau, Brigitte Bardot une pouffiasse zoophile, et Vivien Leigh, un beau visage pour une naine ! – puis il tient son auditoire en haleine en racontant sa rencontre avec la seule reine, *la* Garbo.

Géraldine en reste bouche bée, ce qui fâche Yannis qui la trouve trop maigre et veut qu'elle mange continuellement, « du moins quand ce n'est pas à ma table ! » précise-t-il avant de conclure sa phrase par l'un de ses formidables éclats de rire.

— Mais elle mange ! lui répond Laurent. On ne dirait pas comme ça, mais elle n'arrête pas de bouffer !

En guise de réponse, Géraldine attrape un tiropitakia – un triangle de pâte filo fourré au fromage – et l'engloutit tout entier dans sa bouche. De toute évidence, elle prend un plaisir fou à voir l'expression contrariée de Laurent qui la dévisage tandis qu'elle mâche sereinement, tout en prenant bien soin de garder la bouche fermée, ce qui constitue une véritable prouesse, compte tenu de la taille du feuilleté. Sitôt la dernière bouchée avalée, elle hèle le serveur et en demande une autre assiette. Yannis en profite pour commander des salades, pour lui-même bien sûr, mais aussi pour sa mère, Olga et Bachir. Au soupir que poussent ces derniers, on devine qu'ils ne sont végétariens que parce que leur employeur en a décidé ainsi.

— Tu m'avais dit que tu m'expliquerais pourquoi tu ne manges pas de viande… lui rappelle Théo.

Yannis prend alors un air particulièrement sérieux pour expliquer qu'il suit les préceptes d'un certain Makadjani, un sage indien très honorable. La preuve : il s'habille en costume-cravate. En plus, il prône la paix.

— Voilà qui est original ! commente Julien.

— Mais ce n'est pas tout ; il t'apprend la connaissance du soi, c'est très intéressant.

— La connaissance de soi, ça s'apprend tout seul ! objecte Laurent.

— Non, beaucoup mieux avec les vidéos. On médite, et on obtient l'éternité de la vie et le bonheur cosmique.

— C'est où le bonheur cosmique ? demande Théo.

— Là où se retrouveront tous ceux qui auront fait ce qu'il fallait.

— Tu es sérieux ? demande Laurent, littéralement abasourdi.

— Bien sûr ! Il faut trouver son cœur, c'est le secret. Parfois, je me sens tellement bien que c'est comme si j'étais à l'extérieur de mon corps... Magnifique, je peux vous apprendre si vous voulez...

— Laurent va essayer ! affirme Géraldine, d'un ton sans appel.

— Oui mais non ! réplique-t-il précipitamment.

— Chéri, tu es trop rationnel. Il faut que tu le prennes en main, dit-elle à Yannis, un peu de spiritualité lui fera le plus grand bien. Il est très tenté, mais il n'ose pas... Il a juste besoin d'encouragements.

Elle lance à son mari un sourire triomphant, et pour être sûre qu'il n'aura pas le temps de placer un mot, enchaîne aussitôt.

— Et donc, c'est ce Makadjani qui dit qu'il faut être végétarien ?

— Oui, mais ce n'est pas ça le plus important. Avant, je ne pensais qu'à l'argent et au sexe. Je te jure, si tous mes anciens amants se tenaient la main, on pourrait faire un très joli pont jusqu'à New York ! Mais maintenant, je m'en fiche, je pourrais vivre et mourir ici tout seul !

Il complète son exposé de plusieurs arguments censés illustrer son détachement du monde matériel, jusqu'au moment où Laurent, qui commence à s'impatienter et cherche à changer de sujet, lui demande quand il a acheté sa maison.

— Je l'ai fait construire il y a vingt ans. J'ai fait croire à un berger très pauvre que je lui rendais service en lui achetant le terrain pour mille dollars.

— Pas très Makadjani ! remarque Julien.

— Mais à ce moment-là, je ne le connaissais pas ! se défend Yannis. Et pour le berger, mille dollars, c'est énorme ! D'ailleurs, il vit beaucoup mieux que vos aristocrates ruinés qui ont des poules dans le salon de leur château…

— Qu'est-ce que tu racontes ? demande Géraldine, déconcertée.

— Bon, de toute façon, j'ai beaucoup changé depuis cette époque…

Ce qui ne l'empêche pas de confesser dans la foulée que sa principale préoccupation est de ne pas payer d'impôts.

— C'est pour ça que je ne refais pas le sol entre chez moi et la route : ici, on ne paye pas de taxe foncière pour une maison qui n'est pas reliée à une voie goudronnée.

— Mais tu paies des impôts quand même ?

— Non, je me suis arrangé avec eux. J'y suis allé en pleurant, je suis entré dans tous les bureaux en criant que j'étais pauvre, et j'ai parlé jusqu'au moment où ils en ont eu marre.

— Trop fort ! s'exclame Théo. Tu as d'autres trucs pour ne pas payer d'impôts ?

— Enfin, Théo, si on paie des impôts, c'est parce qu'on travaille ! s'exclame Géraldine. Quelqu'un qui ne paie pas d'impôts, c'est quelqu'un qui ne fout rien !

— Mon rêve ! rétorque Théo en la regardant avec défi.

Elle cherche du soutien dans le regard de son mari, mais il reste muet, un moyen comme un autre de se venger du stage de méditation qu'elle vient de lui imposer.

Ressentant une forte envie de changer d'air, elle prétexte l'heure de la sieste pour aller promener Clara qui s'est endormie dans sa poussette. Tandis qu'elle traverse le village désert à cette heure caniculaire, elle prend mentalement note de tout ce qu'elle va devoir expliquer à son mari, notamment concernant l'obligation de cadrer un ado visiblement en manque de repères. Entre Julien et Yannis, Théo est exposé à de drôles de modèles – un loser et un fraudeur – et il faudra le reprendre en main à la rentrée. Ce sera pour plus tard. D'abord : remplir le frigo et louer une voiture, parce que les autres ont beau être gentils, se trimballer en permanence avec une bande de Gréco-Ukraino-Soudanais n'a jamais fait partie de ses projets de vacances, encore moins dans une ambiance Alzheimer. Le manque de trottoirs ombragés rend sa balade éreintante ; elle regagne rapidement la taverne.

Quand il l'aperçoit, Laurent demande l'addition et règle pour tout le monde, ce qui provoque le même silence satisfait de Yannis que la veille. Julien propose de retourner chez le loueur de voitures, mais Yannis répond que le supermarché est tout près, et qu'il vaut mieux y aller d'abord ; d'autant plus qu'après seize heures, il sera bondé.

Un profond découragement s'empare de Géraldine tandis qu'elle se demande comment faire remonter Clara à l'arrière de la Jeep sans la réveiller ; elle la prend dans ses bras et la tient si fermement contre elle que la petite ne bronche pas malgré les secousses qui ne tardent pas à s'enchaîner.

Yannis aussi a des courses à faire, et il donne rendez-vous aux Français une heure plus tard à la voiture.

— Il n'y a plus de beurre, ça veut dire que les Allemands sont arrivés ! décrète Yannis en revenant avec sa mère à son bras, tandis que Bachir et Olga suivent, croulant sous les paquets.

De leur côté, Laurent et Julien sont en train d'entasser leurs courses à l'arrière de la Jeep : une dizaine de sacs, des packs d'eau minérale et diverses boissons, ainsi qu'une glacière et un parasol pour les pique-niques.

— On aurait dû y penser, les paquets prennent toute la place… observe Géraldine.

— Je croyais que Clara ne portait plus de couches ! lui dit Laurent. En plus, tu t'es trompée, regarde la taille : c'est écrit XL !

— Ce ne sont pas les nôtres, murmure-t-elle entre ses dents, je crois que c'est pour la mère de Norman Bates.

L'expression de Laurent se mue en une grimace de dégoût.

— Barrons-nous et allons louer une bagnole, j'en peux plus, répond-il en se hissant dans la voiture.

De retour chez le loueur, Yannis les présente à son ami Manoli puis repart aussitôt, prétextant la fatigue de sa mère. Les Français ont le choix entre quatre véhicules, dont une camionnette.

— Comment il a dit déjà ? ironise Laurent. Ah oui : le meilleur loueur de l'île !

— Eh bien comme ça, on mettra moins de temps à choisir ! répond Géraldine avec philosophie.

Puis elle se tourne vers Julien et lui dit aimablement :

— Je vous laisse faire : prenez celle qui vous plaît.

— C'est gentil, mais je ne conduis pas ; alors c'est à Laurent de voir.

— Tu ne conduis pas ? Pourquoi ?

— Je trouve ça aliénant, surtout à Paris, répond Julien.

— Enfin c'est quand même très utile ! Et il n'y a pas que Paris…

— Sans doute. Mais je n'en ressens pas le besoin.

Puis il va s'asseoir par terre, quelques mètres plus loin, et allume tranquillement une cigarette.

— Cool, je vais choisir avec papa ! propose Théo.

Géraldine se demande un instant si elle doit se joindre à eux, puis elle décide de se tenir en retrait ; après tout, s'il y a le moindre problème avec la voiture, ça fera toujours une chose qui ne pourra pas lui être reprochée.

De retour à la maison, Géraldine range les courses, puis elle enfile des gants en caoutchouc et astique la maison de fond en comble. Elle anéantit les toiles d'araignée, inspecte chaque recoin malgré la terreur que lui inspire l'idée d'y débusquer un intrus, et vaporise toutes les pièces d'un produit destiné à exterminer tout ce qui s'apparente à un insecte. Sur une commode du salon, se trouve un petit coffre en bois sculpté. Après l'avoir épousseté, elle l'ouvre délicatement. Il ne contient qu'un petit mot de Yannis : « Pas la peine de fouiller, y a rien ici ! », écrit en plusieurs langues.

Elle éclate de rire et sort partager sa trouvaille avec Laurent et Julien qui prennent un verre sur la terrasse, puis elle les quitte pour aller baigner Clara.

Lorsqu'elle a fini, le soleil est en train de se coucher, aussi elle se hâte de retourner sur le toit pour consulter ses e-mails. Au pied de l'escalier, elle croise Yannis qui s'apprête lui-même à le monter.

— Tu vas sur le toit ?

— Oui, c'est là que je médite.

— Ah…

— Tu veux venir ? Je t'apprends si tu veux…

— Non, je voulais juste aller relever mes mails.

— Encore ? Et la relaxation alors ? Tant pis pour toi, je te dirai quand j'aurai fini.

Elle va voir les garçons et leur demande de s'occuper du barbecue, puis elle rentre dans la maison et commence à préparer le dîner tout en jetant des coups d'œil réguliers à la maison de Yannis, mais ce dernier ne redescend pas. La nuit tombe brusquement et Géraldine devient fébrile à l'idée que si elle consulte ses mails ce soir, ce sera dans le noir complet.

Une heure plus tard, lorsqu'elle convie tout le monde à table, Yannis n'a toujours pas réapparu. Les quelques verres d'ouzo qu'ont bu Laurent et Julien les ont mis de très bonne humeur, et durant le repas, Laurent passe son temps à imiter Yannis brutalisant Bachir.

— Ne le charriez pas trop ! intervient Géraldine. Il est parti méditer sur le toit ; il pourrait nous entendre…

— Et alors ? Méditation magnifique, exaltation cosmique de la connaissance du moi formidable ! renchérit Laurent en roulant exagérément les r.

— En attendant, moi je suis très heureuse d'être ici. Le temps est splendide et il y a plein de sites antiques à visiter. Le plus important s'appelle l'Asklepion, c'est l'endroit où Hippocrate a enseigné. Car vous ne le savez peut-être pas, mais nous sommes sur son île !

— C'est qui ? demande Théo.

— C'est le père de la médecine ! D'ailleurs, avant d'exercer, les jeunes médecins prêtent serment, c'est le serment d'Hippocrate, c'est-à-dire qu'ils s'engagent à respecter une déontologie qui vient…

— Il reste du poulet ? l'interrompt son beau-fils.

— … et on peut même voir le fameux arbre sous lequel il a travaillé ! insiste-t-elle en le resservant.

— Trop délire ! ironise Théo.

— À part ta console de jeux, tu me diras à quoi tu t'intéresses ! s'énerve Géraldine.

— Ma chérie, tu avoueras qu'aller visiter un arbre, c'est un peu… absurde ! tempère Laurent.

— Peut-être, mais il y a plein d'autres choses à voir, par exemple le château des chevaliers de Saint-Jean. Et puis il y a aussi des ruines romaines qui datent du IIe siècle, vous voulez que je vous raconte ?

Personne ne répond. Sans se décourager, Géraldine reprend :

— Vous saviez que Cléopâtre est venue à Kos ?… Quand elle a débarqué, elle a trouvé les paysages si beaux qu'elle s'est mise toute nue, elle s'est roulée dans le sable, et elle s'est tapé son esclave préféré devant tout le monde.

— Hein ? s'exclament en même temps Laurent, Julien et Théo. C'est vrai ?

— Non. Bon, j'ai compris, on garde les visites pour plus tard et on commence par le farniente. Maintenant qu'on a une voiture, on n'a plus qu'à trouver une jolie plage, et aller dans un port se renseigner sur les excursions en bateau… Personnellement, j'irai faire un tour dans les montagnes histoire de voir quelles plantes poussent ici. Nous sommes quand même sur la terre du fondateur de la botanique, l'auteur de *La Théorie des plantes*… Théo : tu sais de qui je parle ?

— Aucune idée.

— Aristote !

— Kaput ! réplique Julien en cognant son verre contre celui de Géraldine. Il a aussi été le précepteur d'Alexandre le Grand, ajoute-t-il à l'intention de Théo.

— Ah ouais, je me souviens maintenant, j'ai vu le film. C'était nul.

Géraldine attend un peu, au cas où l'évocation d'un film, même nul, susciterait chez Théo un peu d'intérêt pour la civilisation grecque, mais pour l'heure, la seule chose qui le préoccupe semble être son assiette. Il lève les yeux, sentant le regard de sa belle-mère fixé sur lui.

— Pas mal, ton gratin ! Presque aussi bon que celui de ma mère.

Elle détourne instantanément son regard.

— Ah bon ? s'étonne Laurent. Elle a fait des progrès alors !

Géraldine le remercie du regard.

— Tu sais, chéri, je me demandais si je ne pourrais pas trouver ici de quoi créer de nouvelles huiles essentielles… J'aimerais bien acheter de la mastiha, c'est la sève d'un arbuste qui pousse seulement sur l'île de Chios. Les Grecs s'en servent depuis l'Antiquité, aussi bien en cuisine qu'en pharmacie.

— Et ici ? Tu t'es renseignée sur le type de végétaux qu'on trouve ?

— Non, mais à Paris, Yannis m'a parlé d'une vieille femme qui prépare elle-même des onguents et toutes sortes de baumes. J'irais bien lui rendre une petite visite. Tu viendras avec moi ?

— Jamais de la vie, on est en vacances !

— M'en fous, j'irai toute seule. En attendant, repose-toi bien parce qu'à la rentrée, si les chiffres de vente sont mauvais, t'es viré !

— Salope ! rigole Laurent. Quand tu seras vieille, je te foutrai en maison de retraite et là, ils t'attacheront si tu t'agites tout le temps.

— C'est clair que Géraldine, elle se détend jamais ! intervient Théo. Tu vas voir, confie-t-il à Julien, elle va transformer les vacances en *Koh-Lanta*… ou plutôt en Kos-Lanta !

Ravi de sa blague, il éclate de rire, bientôt imité par Laurent et Julien qui, sous l'effet de leur apéritif prolongé, s'esclaffent à la moindre occasion. Clara n'a rien compris, mais devant l'hilarité générale, elle se met aussi à rire de bon cœur. Géraldine se sent soudain très seule ; de là à se sentir exclue, il n'y a qu'un pas qu'il faut absolument éviter de franchir.

Elle fait un effort pour se reprendre et parvient à sourire. Julien remarque son malaise et vient à sa rescousse en changeant de sujet.

— Tu payes combien pour la maison ?

— C'est gênant… Je ne peux pas te le dire ; après tout, tu es notre invité.

— Je suis surtout celui de Yannis, en fait.

C'est à cet instant que ce dernier apparaît, tout juste redescendu de son toit.

— Elles durent longtemps, tes méditations ! lui lance Géraldine.

— Je m'étais endormi, avoue-t-il. Ça sent bon…

Il fonce sur le barbecue, prend une cuisse de poulet bien grillée et mord goulûment dedans.

— Mais… Et ton truc de végétarien ? lui demande Théo, stupéfait.

— Tais-toi ! Ce n'est pas parce que tu t'appelles Théo que tu es mon ami ! Et puis ce poulet, dans le noir, j'ai cru que c'était une aubergine…

Il rentre dans sa maison, tout en continuant à manger avec enthousiasme.

— Végétarien mon cul ! chuchote Laurent en le regardant s'éloigner. C'est comme sa méditation : son voyage dans le cosmos, c'est juste une bonne grosse sieste sous les étoiles…

Un peu plus tard, Géraldine achève de faire la vaisselle entourée par Laurent et Julien qui font des paris sur le prix que Yannis a dû payer pour ces horribles assiettes en Pyrex. Géraldine reprend confiance : dès le lendemain, ils vont redevenir maîtres des événements, et tout va bien se passer.

Les hommes sortent prendre un dernier verre sur la terrasse, et Géraldine va coucher Clara. À peine lui a-t-elle lu deux pages que la petite fille s'endort. Épuisée par la nuit blanche de la veille et par les péripéties de cette première journée, Géraldine s'allonge doucement près d'elle et se laisse bercer par le souffle léger et réconfortant de sa fille.

À l'extérieur, résonnent les voix de Laurent et Julien qui prennent un dernier verre sur la terrasse.

— C'est fou comme le ciel est clair, observe Julien. Je crois que je n'ai jamais vu la lune briller autant…

— L'étoile sur la droite, c'est laquelle ?

— Peut-être l'étoile du Berger.

— … Ou alors Sirius.

— Oui… Pourquoi pas…

— À ton avis, elle est à quelle distance d'ici ?

— Je dirais… cent millions de kilomètres…

— Moi je dirais... plutôt cinq cents...
— Tu crois ? Ça me paraît beaucoup...

Géraldine les écoute tandis qu'ils poursuivent leurs élucubrations sur le nom et la distance des étoiles. C'est vrai qu'en observant son mari évoluer en compagnie de Julien, elle lui découvre des côtés un peu immatures qu'elle ne lui connaissait pas, mais après tout, s'il faut gérer trois ados au lieu d'un, et être celle qui prend les initiatives, elle saura faire. Planifier et mettre en pratique, c'est de loin ce qu'elle fait de mieux, et surtout à longueur d'année ; il est donc bien naturel que l'organisation des vacances lui incombe entièrement.

Elle va se coucher, et ne se réveille pas quand Laurent vient la rejoindre.

Il fait nuit noire lorsqu'une sensation étrange la sort de sa torpeur. Le ronflement régulier de son mari lui confirme qu'il dort à poings fermés et elle essaie de se rendormir. Mais un sentiment confus persiste et la perturbe. Elle ouvre les yeux et regarde autour d'elle durant plusieurs secondes, le temps de s'habituer à l'obscurité. Rien. Soudain, un bruit retentit dans la maison.

Géraldine tend l'oreille. De légers pas se font entendre dans le salon. Ce ne sont ni les larges foulées de Théo, ni les petits pas de Clara. Elle se jette contre Laurent ; celui-ci se redresse d'un bond.

— Laurent, réveille-toi ! Il y a quelqu'un dans la maison !

— Qu'est-ce que tu racontes ?

— Il y a quelqu'un, écoute ! chuchote Géraldine.

De nouveau, des pas se font entendre.

— C'est un des enfants...

— Non, je connais leurs pas. Je te dis qu'il y a quelqu'un.

Laurent allume la lumière et se lève. Il entre dans le salon et ne voit personne ; il jette un coup d'œil dans la cuisine puis va vérifier que les enfants dorment bien, avant de rejoindre sa femme qui l'observait depuis le seuil de leur chambre.

— Il n'y a personne. Ça devait être dehors.

Laurent se recouche et éteint la lumière. Le silence règne à nouveau et Géraldine, rassurée, va dans la cuisine se servir un verre d'eau. Alors que sa main tâtonne pour trouver l'interrupteur, elle se heurte à quelqu'un et pousse un cri d'épouvante. En un éclair, elle saisit le premier objet qui lui tombe sous la main – une poêle – et en donne un coup à l'ombre qui se tient devant elle. Un cri de douleur retentit. Laurent arrive en courant et allume la lumière.

Les bras repliés autour de la tête, vêtue d'une chemise de nuit en coton blanc qui lui arrive aux chevilles, ses longs cheveux blancs détachés lui tombant en cascade sur les épaules, se tient la mère de Yannis. Elle a l'air d'une petite fille – ou plutôt d'une apparition aux yeux de Géraldine – et n'en finit pas de pousser des cris stridents.

Laurent comprend que la poêle que tient toujours Géraldine a servi à neutraliser Maria.

— Oh putain, j'espère que tu lui as pas ouvert le crâne ! s'affole-t-il.

C'est à cet instant que la vieille dame décide de se défendre, et donne un grand coup de pied dans le tibia de Géraldine, qui lui redonne instantanément un coup de poêle.

— Mais t'es folle ! crie Laurent, horrifié.

— J'ai pas fait exprès ! se défend Géraldine, en lâchant la poêle et en levant les deux bras, comme un joueur de foot qui vient de faire un tacle ignoble sous le nez de l'arbitre.

Laurent s'approche de la vieille dame et tente de la calmer.

— Maria ! Vous nous avez fait peur… Tout va bien : c'est nous !

Géraldine tente à son tour de la rassurer, mais Maria, voyant son agresseur s'approcher, fond en larmes et balbutie quelques mots qui – pour autant qu'ils puissent en juger dans la mesure où ils ne parlent pas le grec – leur semblent incohérents. Alerté par les cris, Théo les rejoint ; quand elle le voit arriver, les pleurs de Maria redoublent, et ceux de Clara ne tardent pas à retentir dans la maison.

— Oh, le cauchemar ! murmure Laurent à Géraldine. Je vais chercher Olga ; occupe-toi de la vieille et de la petite.

Une heure plus tard, Géraldine a consolé Clara et l'a recouchée ; Olga finit de calmer Maria à grands renforts de câlins et de sucreries et la ramène dans leur maison.

— Si elle ne meurt pas d'une hémorragie cérébrale, elle va clamser du diabète ! prédit Laurent.

Géraldine se prépare une tisane avant de retourner s'allonger près de Laurent, déjà rendormi.

Elle reste un long moment à se repasser les événements de la journée, puis se résout enfin à éteindre la lumière mais cette fois, tandis qu'elle cherche le sommeil, elle peine à entendre la petite voix qui lui promettait la veille que tout se passerait bien.

Le lendemain, Géraldine est de nouveau la première éveillée. Comme le frigo est désormais bien rempli, elle prend un copieux petit déjeuner dehors en savourant le calme qui règne sur la propriété. Elle se souvient soudain qu'elle n'a pas allumé son téléphone portable et se jette dessus – après tout, le mois d'août n'empêche ni les urgences ni les catastrophes. Mais elle n'a qu'un message laissé par Philippe, son directeur commercial, qui lui conseille de ne pas louer de voiture chez Manoli : « Le loueur le plus cher de l'île et en plus, ses bagnoles sont merdiques ! » Géraldine décide aussitôt de ne rien en dire à Laurent : ça lui donnerait une autre raison de râler et il n'est pas question de rendre la voiture louée la veille et de se retrouver de nouveau à la merci de Yannis pour aller en chercher une autre, Dieu sait où. Elle rappelle Philippe, mais il est encore sur messagerie.

Géraldine décide qu'elle a assez lambiné ; elle prépare le petit déjeuner pour les autres, dresse amoureusement la table sur la terrasse, tout en regardant soigneusement où elle met les pieds, puis elle se rend sur le toit avec son ordinateur. La montée des marches est un peu douloureuse, car elle a des crampes aux mollets du fait de la position accroupie qu'elle a adoptée à l'arrière de la Jeep, mais elle accélère le pas, pressée de voir si sa fille lui a écrit. Un mélange de joie et de cette inévitable pointe d'anxiété qui l'accompagne depuis qu'Émilie est loin, la saisit lorsqu'elle voit son nom apparaître sur l'écran.

Ça va Mamoune ?

Je parie que tu parles couramment le grec, et que tu passes ton temps à ramasser des feuilles en espérant y trouver la meilleure composante au monde... Ils vont bien s'amuser au labo, à ton retour.

Moi en attendant, j'hallucine ! J'ai reçu un e-mail des douanes : il faut fumigate mes meubles en bois ! Ça veut dire quoi ? J'espère que ça ne va pas les abîmer. Surtout qu'on me demande de payer 25 dollars pour 3 mètres cubes !

Et il faut également destroy the vacuum bag !!! Je ne sais pas ce qui t'a pris de vouloir me fourguer ton vieil aspirateur – je suis sûre que le transport a coûté plus cher que le prix d'un aspirateur neuf ici ! Sans compter que pour m'en servir, je vais avoir besoin d'un adaptateur parce qu'ici, c'est du 240 volts...

Détruire le sac à poussière (de toute façon destiné à la poubelle) de mon aspirateur n'est pas une mince affaire en Australie ! Cela demande sûrement les hautes qualités d'un professionnel en destruction de sac à aspirateur ! Enfin, je suppose car ils me demandent de payer 66 dollars, soit environ 35 euros pour destroy le vacuum bag !!!

Qu'on se le dise : les professionnels pour destroy les vacuum bags sont excessivement chers à Sydney !

Enfin ne flippe pas trop, à part ça tout va bien.

Biz Mamoune, à toi et à toute la clique !

« Elle a raison, quelle connerie de lui envoyer mon aspirateur ! » se dit Géraldine. Elle se fait aussi la réflexion que ces derniers temps, elle les accumule. Dans un terrible élan de remords suscité par l'idée de ne pas avoir été à la hauteur, elle se hâte de répondre à sa fille qu'elle lui adressera un virement aussitôt rentrée à Paris afin qu'elle s'achète tout ce qui lui manque et couvre les frais imprévus.

Puis elle ouvre l'e-mail d'un client étranger, se lance dans une réponse argumentée et, de fil en aiguille, se laisse absorber par le travail jusqu'au moment où la chaleur lui rappelle qu'il est temps de redescendre. Du salon de Yannis retentit la voix de Léo Ferré, d'autant plus impressionnante qu'une fois encore, le volume est à fond.

Lorsqu'elle regagne la terrasse, toute la famille est attablée devant le petit déjeuner.

— C'est beau, la voix de Ferré qui résonne ici, vous ne trouvez pas ?

— Moi, perso, je trouve ça trop flippant, répond Théo. De la pure musique pour se flinguer.

— Au moins, ça t'a fait revenir, dit Laurent à sa femme, tu es restée longtemps là-haut…

— J'étais en train de répondre à M. Takahashi, il me posait des questions sur la gamme maquillage, et je…

— On s'en fout, c'est les vacances ; décroche un peu ! Je racontais à Julien la visite nocturne de Mme Bates.

— Elle s'est trompée de maison ! s'exclame Julien. C'est moi qu'elle cherchait…

— En tout cas, il va falloir faire quelque chose, répond Laurent. Pas question que ça se reproduise…

Bien qu'elle ait du mal à digérer la façon dont son mari vient de l'envoyer paître devant tout le monde, Géraldine décide de remettre à plus tard la mise au point qui s'impose.

— On demandera à Olga de fermer leur porte à clé pour qu'elle ne puisse pas sortir, répond-elle. Après tout, c'est dangereux pour elle...

— Surtout quand elle tombe sur toi ! répond Laurent.

— J'aurais trop aimé te voir exploser la vieille ! s'écrie Théo avec envie.

Géraldine soupire. Julien change de sujet en la complimentant sur sa tenue. Laurent passe en revue la fine silhouette de sa femme : simplement vêtue d'une robe légère et de spartiates, elle est particulièrement gracieuse.

— C'est vrai ! confirme Laurent avec la fierté d'un propriétaire, un rien l'habille !

Rassérénée, Géraldine suggère une journée à la plage pour oublier leurs émotions et tout le monde approuve avec enthousiasme ; Julien retourne chez Yannis pour lui demander où aller, tandis qu'elle organise le départ.

Elle prépare rapidement des sacs où s'entassent serviettes de plage, crèmes solaires, chapeaux, livres, ainsi que des affaires de toilette et des vêtements de rechange pour Clara.

Puis elle remplit la glacière de boissons et de fruits frais, confie la poussette et le parasol à Laurent, et le charge de remplir le coffre.

Pendant ce temps, elle attrape un autre sac dans lequel elle met du produit anti-moustique et une bouteille de sirop antihistaminique – Clara est allergique aux piqûres d'insectes, probablement une forme de solidarité inconsciente avec sa mère – des brassières et une bouée en plastique, un antiseptique et des sparadraps en cas de bobo.

Elle prend sa fille dans ses bras et rejoint Laurent à la voiture. Il est en train de pousser de toutes ses forces sur le coffre pour le refermer, et sue à grosses gouttes.

— Quelle merde, cette Panda ! Et chère en plus ! Je n'en reviens pas que Philippe, qui est si difficile, ait loué une voiture chez Manoli... Je me demande ce qu'il a bien pu trouver qui lui convienne... En plus, leur siège bébé est à moitié pété...

— On en achètera un, ils en vendent peut-être au supermarché...

— Yannis nous conseille d'aller à Marmari Beach, crie Julien en sortant de la maison. Ce sera indiqué à partir de Kos Town.

— Alors en avant ! dit Laurent en s'asseyant au volant de la voiture. Où est Théo ?

Géraldine l'aperçoit allongé sur un transat ; elle l'appelle mais il a de nouveau son casque sur les oreilles et n'entend rien. Après s'être époumonée, elle va finalement le chercher et la voiture prend la direction indiquée par Yannis.

— Je vous préviens, j'ai trouvé notre ami grec dans tous ses états, raconte Julien. Sa mère a une énorme bosse sur le front, et il se demande comment elle s'est fait un truc pareil...

— Oh merde, se lamente Géraldine. Je suis cuite.

— Mais non ! Elle a Alzheimer : elle a tout oublié. Quand je suis rentré, Yannis était en train de questionner Olga, qui lui a répondu que Maria s'était levée cette nuit et s'était cogné la tête en essayant de sortir.

— Merci Olga ! souffle Laurent. J'étais sûr qu'elle dirait rien.

— Si ça se trouve, un jour Mme Bates va retrouver la mémoire et elle va me balancer ! s'exclame Géraldine, mi-inquiète, mi-amusée. Il faudrait faire disparaître la poêle. On ne garde pas une pièce à conviction. Je vais l'enterrer au fond du jardin.

— Laisse tomber, s'esclaffe Laurent. Rapiat comme il est, Yannis doit avoir un détecteur à métaux et ratisser toute la propriété après le départ de ses locataires. Il la trouvera, et ce sera pire !

Apercevant une cabine téléphonique sur la route, Julien demande à Laurent de s'arrêter pour qu'il puisse passer un coup de fil. Géraldine propose son portable à Julien, mais il refuse.

— J'en ai pour une minute.

En fait, il est de retour au bout de quelques secondes et annonce que la cabine est en panne. Dix minutes plus tard, Laurent s'arrête devant une autre cabine. Cette fois encore, il revient rapidement.

— Alors ? lui demande Laurent.

— Messagerie, répond-il sobrement.

Géraldine meurt d'envie de savoir qui Julien essaie de joindre, et ce, d'autant plus que Laurent est visiblement dans la confidence, mais comme les deux hommes restent silencieux, elle n'ose pas poser la question.

Plus ils s'approchent de Marmari Beach, plus les routes sont encombrées ; la voiture ralentit tellement que les vitres baissées ne laissent plus passer d'air frais.

— Vous pouvez mettre la clim ? demande Théo.

Géraldine tripote les boutons et parvient tout juste à obtenir un petit souffle frais.

— Il n'y a pas de clim ici non plus, constate amèrement Laurent.

— J'ai mis la ventilation et il y a quand même un toit ouvrant, alors il y a de l'air qui circule, dit Géraldine à Théo en lui faisant un large sourire qu'il ne lui rend pas.

De l'arrière de la voiture, Julien se lève et passe son buste à travers le toit ouvrant ; il salue les gens qui marchent sur le côté de la route et qui le saluent en retour.

Géraldine a l'impression que Laurent ralentit quand les piétons sont des piétonnes, plus particulièrement lorsqu'elles sont blondes – impression qui se confirme par l'excès d'amabilité que ces rencontres engendrent chez Julien, et par l'excitation bien perceptible de Théo à l'arrière. Bien qu'elle en soit légèrement agacée, elle décide de réserver ses commentaires pour son prochain tête-à-tête avec Laurent ; ce sera l'occasion d'une discussion, dont l'ordre du jour ne cesse de s'allonger.

Enfin, ils arrivent à Marmari Beach et trouvent une place sur le parking bondé. Le soleil tape dur, et tous se dépêchent de sortir de la voiture, impatients d'aller se baigner. Laurent tente d'ouvrir le coffre, mais malgré ses efforts, celui-ci reste désespérément clos. Au bout de quelques minutes, Julien et Théo essaient à leur tour, sans succès.

— Laissez-moi faire ! ordonne Géraldine. Ça ne sert à rien de s'énerver ; un peu de douceur et il va s'ouvrir tout seul…

Après avoir fait preuve de toute la délicatesse possible, elle devient soudain hystérique et tire comme une folle sur la poignée. En vain.

— C'était couru d'avance ! s'exclame Laurent. On a tellement chargé le coffre que la serrure doit être coincée. On n'a pas le choix, il va falloir le décharger de l'intérieur.

À genoux sur la banquette, il soulève la plage arrière et extrait les sacs et objets un à un. Une succession de jurons retentit lorsque la poussette se coince ; Julien vient l'aider et ils parviennent enfin à la dégager.

— On a tout sauf la glacière, mais inutile d'essayer, elle ne passera jamais… grogne Laurent.

Les deux hommes sortent de la Panda, ruisselant de sueur.

Géraldine sait qu'il n'y a rien à dire. Elle appelle sa fille et lui demande de venir s'asseoir dans la poussette. Pendant tout ce temps, Clara est restée debout près de l'arrière de la voiture. Elle met sa petite main sur la poignée, et la tourne.

Le coffre s'ouvre le plus naturellement du monde.

— Oh la foule ! se désole Théo, en laissant tomber le parasol et les sacs qu'il tient sur le sable.

— C'est comme dans le parking, remarque Laurent en regardant les rangées de chaises longues qui s'étendent à perte de vue, tout le monde bien aligné en rangs d'oignons…

— Personnellement, ça me fait penser à ce film sur la guerre de Sécession, répond Julien. Comment s'appelait-il déjà ?… Il y a une scène où sont allongés des centaines de blessés et…

— On ne va pas y arriver si vous critiquez tout sans arrêt ! s'impatiente Géraldine. Il nous a fallu plus d'une heure pour venir ici, alors je propose qu'on s'installe et qu'on en profite un peu !

Les roues de la poussette se bloquent dans le sable, elle en fait descendre Clara et la pousse tant bien que mal, jusqu'au moment où une touriste française vient lui montrer comment la tirer sur les roues arrière.

— J'ai tout oublié… constate-t-elle.

Des images d'Émilie bébé dans sa poussette lui reviennent, la plongeant instantanément dans une profonde nostalgie. Heureusement, elle n'a pas le temps de s'y abandonner : Laurent lui fait signe de se dépêcher car un plagiste a réussi à leur trouver quatre transats côte à côte. Ils se précipitent et se laissent tomber dessus à bout de souffle, après une marche dans le sable d'autant plus pénible qu'ils sont chargés comme des mules.

Clara part en courant lorsque sa mère commence à l'enduire de crème solaire ; Géraldine n'y parvient qu'en la tenant de force. Quant à Théo, il se contente de secouer la tête d'un air blasé quand elle lui tend le flacon.

— Tu ne dis rien ? demande-t-elle à Laurent. Il va brûler !

— Tant pis pour lui. J'ai pas envie de me battre.

— Père indigne !

Pour le punir, elle lui confie le gonflage de l'énorme bouée en forme de tortue qu'elle a achetée à Clara au supermarché. Épuisée, elle s'allonge enfin à son tour.

Elle se détend quelques instants, puis tend l'oreille : Julien est en train de faire des commentaires élogieux sur une femme qui passe devant eux. Laurent confirme :

— T'as raison, elle est super bien gaulée !

Géraldine se redresse et l'observe de la tête aux pieds.

— Elle est terriblement cambrée cette pauvre fille, elle doit avoir des problèmes de dos !

— Ne t'inquiète pas, réplique Julien, elle est comme Bachir, elle adore souffrir !

Laurent éclate de rire ; Théo fait son propre commentaire, et bientôt, toute la discussion consiste à évaluer les filles qui défilent sous leurs yeux. Littéralement ébloui par une femme plantureuse, Théo décrit ses atouts dans les moindres détails.

— Et en plus, elle mange une glace ! conclut-il.

Géraldine est stupéfaite d'entendre des propos aussi grivois dans la bouche de son beau-fils, à qui elle n'attribue guère plus de dix ans d'âge mental. Au fil des commentaires, elle se demande contre qui elle est le plus en colère : son mari, qui semble avoir oublié sa présence, ou Julien qui a initié ce petit jeu. Une seule solution : se battre sur leur terrain.

— Vous avez un goût de chiottes, ou alors vous êtes aveugles, déclare-t-elle calmement. La seule belle fille sur la plage, c'est celle qui est sur la gauche, première rangée, maillot blanc. Elle est tout simplement parfaite.

Les têtes se tournent, et un murmure d'approbation se fait entendre. L'intervention de sa femme a instantanément calmé Laurent, les autres restent silencieux ; le débat est clos.

Après un long silence, Théo prend soudain la parole.

— Juste pour savoir, Julien, par rapport à ton livre… Si je trompais ma copine – pure hypothèse ! – tu me conseillerais quoi ?

— D'effacer tous tes SMS, sans oublier ceux que tu envoies… Tu n'imagines pas le nombre de couples qui ont explosé suite à un SMS non effacé !

— Mais une boîte vide, c'est louche pour un mari suspicieux ! objecte Laurent.

— C'est vrai, admet Julien, conciliant. Tu pourrais garder les SMS qui n'ont aucun intérêt. À part ça, il ne faudrait pas présenter la fille à qui que ce soit : ni aux amis, ni aux potes ; à personne ! Prudence, prudence ! Admettons qu'elle existe – pure hypothèse – tu la verrais où ?…

— Je sais pas ! Chez elle, ou au café du coin puisque je ne pourrais pas l'emmener chez moi !

— Tu es complètement inconscient ! bondit Julien. Le café du coin est un lieu où on te connaît, où n'importe quelle connaissance du lycée peut te voir ; c'est donc proscrit ! Tous les lieux publics sont interdits… à moins que tu n'aies envie de te faire choper pour te débarrasser de ta copine actuelle…

— Bien vu ! admet Théo, conquis. Quoi d'autre ?

— Lui donner un faux nom dans ton portable ; n'importe quel pseudo, sinon le prénom d'un copain…

— Quand même, objecte Laurent, le garçon qui écrit : « J'ai envie de toi » à son pote, ça ferait tiquer n'importe quelle fille, même si elle n'est pas particulièrement jalouse…

— Les SMS de cul sont à effacer immédiatement ! Relis mon bouquin, merde ! Le pseudo, c'est pour le Journal d'appels.

— Il n'a absolument pas besoin de le relire, merci ! intervient Géraldine. Sans compter que si c'est le genre de conseils que tu donnes, ton bouquin, il ne doit pas valoir grand-chose.

Elle se tourne vers Théo.

— Quand on trompe quelqu'un, il n'y a qu'une solution : avoir deux portables. L'officiel, que tu laisses traîner ; et un autre, pour les messages compromettants, que tu planques et ne consultes que seul.

— Où t'as appris ça ? lui demande Laurent, troublé.

— Tout le monde le sait.

— C'est pas faux, reconnaît Julien. En y repensant, je ne maîtrisais vraiment pas la question...

— C'est normal : déjà que t'as pas de portable, alors comment veux-tu penser à en avoir deux ! Enfin, je suis certaine que tu as été très compétent sur les autres points.

Elle s'interrompt pour chasser nerveusement une abeille qui tourne autour d'elle. L'abeille se dirige alors vers le dos de Julien.

— Ne bouge surtout pas, il y a une abeille tout près de toi ! lui crie-t-elle.

— Il n'y a pas lieu de s'énerver, répond-il, parfaitement impassible.

— Géraldine a la phobie des insectes. Tous, même les fourmis, explique Laurent. Alors les abeilles...

— Mais celle-ci va repartir bien gentiment dans les secondes qui viennent.

— Qu'est-ce que tu en sais ? demande Géraldine.

— J'ai passé un pacte de non-agression avec les abeilles. Ce sont mes amies, conclut-il avec flegme.

Géraldine soupire. Pourquoi le moindre sujet abordé dérape-t-il aussitôt pour devenir un échange absurde ?

Comme pour donner raison à Julien, l'abeille disparaît au loin.

— J'ai faim, il y a un kiosque un peu plus loin, je vais chercher de quoi déjeuner ! déclare-t-elle en se levant.

Elle fait patiemment la queue pour découvrir qu'il n'y a qu'une sorte de sandwich ; elle en prend pour tout le monde et revient les distribuer.

— Ils sont à quoi ? demande Théo.

— Voyons, dit Laurent, la bouche pleine. Je ne suis pas sûr, je vais regarder... C'est bien ce qui me semblait : il y a de la tomate pas mûre, des lamelles de fromage périmé, et un truc rose non identifié…

— C'est du jambon, reprend Julien, le même genre que celui que Jean-Pierre Coffe jetait par terre à la télé.

— Le fromage, c'est du gouda, précise Géraldine.

— Vachement grec ! C'est quand même dingue, on est au pays de la feta et on se retrouve à bouffer du gouda de l'année dernière !

— Franchement vous êtes chiants !

— Tu vas pas me dire que tu trouves ça bon ?

— Non, dégueu, mais j'ai la dalle ! répond-elle entre deux mâchonnements.

— Tu veux le mien ? lui demande Laurent, j'ai pas très faim ; le gonflage de la tortue m'a tué…

— Non merci, je suis calée.

— C'est assez rare pour être souligné ! Bon, je vais me baigner, qui vient avec moi ?

— Il vaut mieux attendre un peu qu'on ait digé…

Géraldine n'a pas le temps de finir sa phrase : Laurent, Julien et Théo se sont levés d'un bond et courent jusqu'à la mer.

Une demi-heure après, elle meurt d'envie de les rejoindre, mais est immobilisée par Clara qui s'est endormie sur son ventre. En les regardant chahuter, s'ébrouer, et s'amuser comme des fous, Géraldine commence à espérer que son mari ou son beau-fils viendront la chercher et la remplaceront auprès de la petite, mais aucun des deux ne se présente, et elle doit se contenter de les observer de loin. C'est finalement Julien qui la relaie afin qu'elle puisse enfin se baigner.

Un peu plus tard, le vent se lève et les vacanciers sont assaillis par les petits graviers qui recouvrent la plage ; bientôt l'offensive s'intensifie à tel point qu'ils sont contraints de battre en retraite.

— On remballe et on plie très serré ! prévient Laurent. Pensez au coffre !

Sur le chemin du retour, sans que Julien ait à le lui demander, Laurent s'arrête devant la première cabine téléphonique qui se présente sur la route.

— Mais prends mon portable, ça me fait plaisir ! insiste Géraldine en tendant son téléphone à Julien. Celui-ci la remercie, mais il décline poliment. Elle descend alors de la voiture, le laisse sortir, puis prend sa place à l'arrière.

— Dans ce cas, il vaut mieux que tu te mettes devant, dit-elle d'un ton qui dissimule mal son agacement, ça m'évitera de me lever dès qu'on croise une cabine.

Assise entre les deux enfants, elle réalise combien elle leur ressemble soudain, à cet instant précis où elle regarde obstinément par la fenêtre d'un air boudeur. Bien que consciente du ridicule de la situation, elle reste pourtant immobile et ne tourne pas la tête quand Julien ressort de la cabine deux minutes plus tard. Elle discerne toutefois le hochement de tête négatif qu'il adresse à Laurent, et comprend qu'il n'a toujours pas réussi à joindre son mystérieux correspondant.

Une fois à la maison, Géraldine aperçoit Yannis sur sa terrasse et profite qu'il ne soit pas en train de méditer pour rentrer en courant prendre son ordinateur. Laurent l'observe du coin de l'œil ; il sait que ce n'est pas ce qui se passe en plein été au bureau qui taraude sa femme, mais son impatience d'avoir des nouvelles d'Émilie. À Paris, Géraldine lui a confié que, depuis le départ de sa fille, elle ressent en permanence une angoisse sourde à l'idée d'en être trop éloignée pour pouvoir veiller sur elle. Laurent sait que ce sentiment s'est forcément accru depuis qu'ils sont en Grèce et ce, d'autant plus qu'elle est – à sa demande – privée de son BlackBerry.

— Prends ton temps, lui dit-il doucement. Je vais baigner Clara et puis j'inviterai Yannis à prendre l'apéro, comme ça tu seras tranquille.

Reconnaissante, elle l'embrasse tendrement avant de se précipiter sur le toit. Elle s'y attarde, heureuse de ce moment de solitude qui lui donne le sentiment de se retrouver, de se sentir à sa place, ne serait-ce que pendant un court moment.

Laurent va chercher Yannis, qui ne se fait guère prier pour le suivre.

— Tu aimes le bitter lemon ? lui demande Julien.

— Oui, avec du gin !... Tellement formidable d'être ici, chez moi, avec vous qui vous occupez de moi ! dit-il en se laissant tomber dans un transat. Viens m'embrasser ! ordonne-t-il à Clara en attrapant sa main.

Celle-ci s'éloigne aussitôt et va s'asseoir sur les genoux de Julien.

— Tu as des enfants ? reprend Yannis.

— Oui, deux...

— Ah oui ? Ils sont où en ce moment ?

— ... En vacances.

— On a des olives fraîches, intervient Laurent en présentant un bol à Yannis. Elles sont délicieuses...

— Toi aussi, tu es un grand travailleur, comme Géraldine ? lui demande Yannis.

Sans lui laisser le temps de répondre, il avale une olive, puis en prend une autre qu'il fourre le plus naturellement du monde dans la bouche de Laurent.

Tout le monde est sidéré ; quant à Laurent, il est tellement déstabilisé par cet excès de familiarité qu'il lui faut un moment pour se ressaisir.

— Euh… non ; en fait, je n'ai jamais eu beaucoup d'ambition. Mais ce n'est pas gênant : ma femme en a pour deux. Jusqu'à présent, je me suis toujours débrouillé pour en faire le moins possible, mais…

— Bravo ! le coupe Yannis en trinquant avec lui.

— Attends, je n'ai pas fini ! Ce que je veux dire, c'est que j'ai changé depuis que je travaille avec Géraldine. Je suis beaucoup plus motivé ; quand je vois comment elle se défonce, je ne peux pas rester les bras croisés.

— Il ne faut pas t'inquiéter, c'est mieux comme ça, relativise Julien. Quand les deux membres d'un couple ont beaucoup d'ambition et travaillent ensemble, il y a un sacré risque que l'un des deux ne puisse pas s'empêcher d'écraser l'autre…

Tout juste descendue du toit, Géraldine réapparaît, l'ordinateur sous le bras. Yannis l'interpelle.

— Ah te voilà, *koukla* ! *Koukla*, c'est poupée en grec. Tous les jours je t'apprendrai un mot de plus si tu veux.

— Avec plaisir. Vous parliez de quoi ?

— Du programme de la soirée, répond Julien. Je propose qu'on sorte dîner, tu as une idée, Yannis ? Un endroit sans trop de touristes parce qu'on a eu notre dose…

— Alors on pourrait aller dans la taverne de mon ami Cristos ; c'est vraiment caché, aucun touriste ne peut trouver. Et puis c'est très sympathique : il y a une grande table, on s'assied avec plein de gens qu'on ne connaît pas, et on bavarde avec tout le monde !

— Ça a l'air sympa ! déclare Géraldine. Donnez-moi dix minutes pour prendre une douche et on est partis !

— Dix minutes ! se désole Yannis. Attention à l'eau quand même ! L'eau, elle vaut de l'or ici !

Yannis n'a pas menti : l'endroit où il les a emmenés est caché tout en haut d'une colline plutôt difficile d'accès ; les convives sont attablés autour d'une très longue table en bois massif qui trône au milieu du jardin ; tout le monde s'interpelle et parle en même temps.

— Je ne crois pas qu'on soit très bien intégrés, déplore Géraldine.

— Comment veux-tu qu'on s'intègre, il n'y a que des Grecs qui parlent entre eux ! répond Laurent.

— Remarquez, tempère Julien, on voulait du non-touristique, on est servis !

— Et puis comme ça, on peut parler entre nous sans avoir à faire la conversation à notre ami, dit Laurent en désignant Yannis qui bavarde avec des compatriotes et les ignore complètement.

— Et puis l'autre truc sympa, c'est que la fille en face de moi, elle est trop bonne ! s'exclame Théo.

— Alors va lui parler ! Elle doit connaître au moins quelques mots d'anglais, suggère Géraldine.

— C'est bon, pas besoin de lui parler ; je vais quand même pas aller draguer quand vous êtes là ! Non, juste la regarder, c'est bien… Tu crois qu'elle aime souffrir ? demande-t-il, ravi, en se tournant vers Julien.

— C'est quoi ce concept des filles qui aiment souffrir ! Jamais entendu un truc aussi misogyne… s'emporte Géraldine.

— Je comprends que ça te choque, admet Julien. En fait, ça remonte à ma première petite amie : une vraie maso. Par exemple, on était chez elle, assis dans le canapé, et soudain elle pensait à un truc qui la faisait culpabiliser et elle se laissait tomber par terre. Complètement folle ! Un exemple de son goût pour l'autoflagellation : après le bac, elle est partie à Dharamsala soigner les lépreux ! Elle m'a dit que pour elle, c'était le comble du bonheur. Depuis, chaque fois que je rencontre une femme, je ne peux pas m'empêcher de m'interroger sur son degré de masochisme. Et forcément, quand Yannis a dit que Bachir aimait souffrir, ça m'a encouragé…

— Excuse-moi mais je ne vois pas le rapport entre cette femme, qui était visiblement très perturbée, et le « elle aime souffrir » que vous vous amusez à balancer quand on croise certaines filles, répond Géraldine.

— Attention ! intervient Laurent, hilare. Il y a des nuances : l'idée, c'est que plus la fille est jolie, plus elle aime le sexe ; donc en général, c'est un compliment !

— C'est bon, j'avais compris !

Elle se tourne vers Yannis, qui prend des grosses frites grasses entre ses doigts et essaie de les enfourner dans la bouche de ses voisins. La plupart se font prendre de vitesse la première fois, mais se défendent bravement les fois suivantes.

— Tu les connais ? lui demande-t-elle.

— Maintenant, oui !

— Vous parlez de quoi ?

— De la hausse des prix depuis l'euro. Terrible ! Moi, je m'en sors, mais c'est seulement parce que je négocie tout.

— Tout… c'est-à-dire ?

— C'est-à-dire tout ! Il faut oser, ça marche toujours ! Même à Paris ! Par exemple, au Louvre, j'ai réussi à ne pas payer l'entrée. J'étais avec un jeune ami et je leur ai dit : « Je vous en prie, laissez-nous entrer ; il ne peut pas quitter la France sans avoir vu la Vénus de Samothrace et la Victoire de Milo, et il n'a pas d'argent. » Et ça a marché. Je négocie même le café dans les grands hôtels ! Et il y a mieux : dans ma jeunesse, j'ai beaucoup voyagé avec un ami très riche et parfois, quand je retourne là où nous sommes allés ensemble, les serveurs à qui il a laissé d'énormes pourboires et qui sont toujours les mêmes, se souviennent de moi ; maintenant ils sont responsables ou maîtres d'hôtel, alors ils m'offrent des verres ou un gâteau... Mais pour le reste, c'est juste une histoire de culot ! D'ailleurs, je vais te montrer.

Il fait signe au serveur et lui demande l'addition. Lorsqu'elle arrive, Yannis y jette un rapide coup d'œil, puis se tourne vers le serveur et se lance dans un grand discours, tout en désignant Géraldine. Le jeune homme la dévisage, pose quelques questions à Yannis, puis repart avec l'addition.

— Qu'est-ce que tu lui as dit ? lui demande Géraldine, médusée.

— Que c'est toi qui paies, mais que tu es pauvre, et que c'est déjà très inconfortable de se faire tous inviter par une femme, alors ce serait bien que ça te coûte le moins possible.

— C'est super gênant !

— Mais non !

— Et là, où il est parti ?

— En parler au patron. Tu vas voir, ça va marcher.

En effet, le serveur ne tarde pas à revenir avec une addition revue à la baisse.

— Qu'est-ce que je t'avais dit ! triomphe Yannis. Trente euros de moins, pas mal, non ?

Laurent et Théo le félicitent. Bien qu'elle soit un peu embarrassée, Géraldine ne peut s'empêcher d'être admirative. Elle se tourne vers Laurent.

— Quel tueur ! lui dit-elle à la dérobée. Je vais l'embaucher…

— Excellente idée, il mettra tous tes fournisseurs à genoux.

— J'espère seulement qu'il n'a pas fait pareil en négociant le salaire d'Olga et Bachir.

— Tu rêves !

— Et si on allait quelque part pour prendre un café et des baklavas ? propose Julien. C'est moi qui vous invite…

— Je ne bois pas de café et je ne mange pas de baklava… mais pourquoi pas ? répond Yannis.

Cette fois, il les emmène dans un quartier grouillant de monde ; la petite troupe s'installe à une terrasse, commande des desserts et des boissons, et profite gaiement de la douceur de la nuit tandis que Clara dort paisiblement dans sa poussette. Laurent et Julien passent une heure à se demander si les filles de la table voisine sont suédoises ou norvégiennes ; finalement, les autres s'en mêlent et parient un euro sur leur nationalité, sauf Yannis qui trouve ça idiot. Enfin, Julien demande aux jeunes femmes de quel pays elles viennent. « Du Danemark ! », répondent-elles en chœur. Tout le monde a perdu. Yannis empoche aussitôt les pièces et s'écrie :

— Bien fait ! Ça vous apprendra à gaspiller de l'argent.

Géraldine propose une promenade dans les rues animées. Partout se succèdent des tavernes diffusant leur propre musique, ce qui produit une cacophonie sans fin. Sur toutes les terrasses, des touristes blonds sirotent une chope de bière, un spectacle qui encourage Laurent et Julien à poursuivre leur petit jeu.

Devant chaque bar, un entraîneur fait l'article et invite les promeneurs à entrer. Ignorant leurs sollicitations en anglais, Julien s'adresse à chacun d'eux en français, avec une infinie politesse : « Comment allez-vous, cher monsieur ? » succède à : « Ravi de faire votre connaissance », et autres « Très honoré ! ».

Un quinquagénaire à la mine réjouie en profite pour demander à Géraldine :

— *Voulez-vous coucher avec moi ?*

— Mais certainement. Est-ce que mon mari peut regarder ?

Le Grec, qui n'a rien compris, hoche la tête en souriant et s'éloigne.

— Décidément, c'est la seule phrase qu'ils connaissent ! observe Julien.

Laurent attrape Géraldine par le bras et l'entraîne un peu plus loin.

— Arrête un peu tes conneries sinon un jour, tu tomberas sur un type qui comprend le français, du coup je risque d'être obligé de me battre avec lui. Et dans la mesure où ce serait la première fois, je ne parierais pas un euro sur moi !

Théo est mort de rire et Géraldine rit de bon cœur avec lui. Laurent secoue la tête puis ordonne :

— Je ne la tiens plus, on rentre !

C'est seulement lorsque Clara et Théo sont couchés et que Géraldine a refermé la porte de leur chambre qu'elle pose enfin à Laurent la question qui l'a taraudée toute la journée : qui Julien essaie-t-il de joindre si obstinément ?

— … Je suis désolé, je préfère qu'on n'en parle pas, dit-il en s'allongeant sur le lit.

— Tu déconnes ?

— Pas du tout. C'est la vie de Julien ; il est très discret et je n'ai pas envie de trahir sa confiance.

— Trahir sa confiance ? Je te parle d'un simple coup de fil ! Je doute que Julien soit un agent des services secrets, ce serait un peu risqué de dépendre d'une cabine qui marche pour demander une exfiltration d'urgence, ironise Géraldine.

— Tu as raison, c'est d'ordre privé.

— Alors ça ne peut pas être si grave que ça… Je sais ! Il sort avec une femme mariée ! Ce serait tout à fait logique puisqu'il est expert en la matière…

— Tu dis n'importe quoi.

— Alors qui ? Sois sympa, dis-moi… En plus, je m'en fous.

— Si tu t'en fous, raison de plus : laisse tomber.

— Très bien, renonce-t-elle vexée, je vous laisse à vos grands secrets ! Mais puisqu'il n'accepte pas d'emprunter mon portable, convaincs-le de prendre le tien, parce que c'est sacrément pénible de cuire sur le bord de la route – avec les enfants ! – pendant que Môssieur passe ses petits coups de fil.

— Les enfants ne s'en sont pas plaints. D'ailleurs, Théo l'adore.

— J'ai remarqué, et je ne suis pas sûre que ce soit une bonne nouvelle. Julien n'est pas franchement le type de personne qui peut avoir une bonne influence sur Théo.

— Qu'est-ce qui te fait dire ça ?

— Tu sais très bien que ce gosse a un poil dans la main ! Et il se retrouve soudain face à un type qui explique sans le moindre complexe qu'il est heureux de ne rien foutre !

— Tu sous-estimes Julien, il est hyper-cultivé, tu t'en rendras compte si tu as l'occasion d'aller visiter une de tes ruines avec lui. Et je te signale que c'est de loin celui qui parle le mieux l'anglais de nous tous. Toi qui dis tout le temps à Théo qu'il doit faire des progrès en anglais, c'est un bon exemple pour lui.

— Je regrette chéri, je ne suis pas sûre de voir quel enseignement ton fils peut tirer de la fréquentation assidue d'un homme qui désigne les filles qu'on voit à la plage par des noms comme *anal babes* ou *blow-job queens*.

— Mais où est passé ton humour ? Et puis c'est très fréquent les expressions de ce genre, il y en a des milliers sur les sites pornos.

— Les sites pornos ? Tu regardes ça ? Pas au bureau, j'espère ? Remarque, à la maison, ce ne serait pas mieux ! Mon directeur du développement et de la stratégie est pornophile, et en plus, je l'ai épousé. Quelle misère… Je vais me flinguer. Non ! Réflexion faite : je vais virer le premier, et foutre un coup de poêle au second.

— Voilà ! s'exclame Laurent. Enfin je te retrouve ! Je ne comprends pas pourquoi tu flippes tout le temps depuis qu'on est ici. Quand tu ne t'énerves pas, tu ne dis rien, mais tu es hypertendue et c'est pire. Je vois bien que Julien te gonfle. Mon fils aussi. Et même avec moi, tu es cassante !

— Cassante ? Tu ne te rends pas compte comment tu me traites ! Tu n'es pas du tout comme à Paris. Depuis que Julien est là, tu m'ignores les trois quarts du temps ! Et quand tu me parles, c'est pour me couper la parole, ou m'envoyer promener si j'ai le malheur de te tenir au courant de ce qui se passe au bureau… C'est tout de même parce que la boîte marche bien qu'on peut se permettre de prendre plusieurs semaines de vacances ! Le pire, c'est que tu laisses les autres se foutre de ma gueule, quand tu ne t'y mets pas aussi !

— Personne ne se fout de ta gueule ; on te taquine un peu, c'est tout.

— Mais c'est chiant à la longue ! C'est comme tes réflexions sur le fait que je mange beaucoup.

— Et alors, t'es toute mince !

— C'est pas une raison ! L'autre jour, tu m'as carrément traitée de morfale devant Julien et Yannis, tu crois que c'est agréable ?

— Je suis désolé. Vraiment.

Laurent se relève et vient la serrer contre lui. Géraldine lutte contre une irrésistible envie de pleurer ; une fois qu'elle l'a surmontée, elle se sent submergée par une irrépressible vague de fatigue. Elle se couche en entraînant Laurent de façon à se blottir contre lui, et s'endort aussitôt dans ses bras.

À la lueur du petit spot qui éclaire la mezzanine sur laquelle il est allongé, Julien lit avec avidité les dernières pages du livre de Philip K. Dick trouvé à l'aéroport, *Glissement de temps sur Mars*. La voix de Yannis s'élève de sa chambre, dont il a laissé la porte entrouverte.

— Julien ?

— … Oui ?

— Tu dors ?

La réponse se fait attendre.

— Non.

— Tu fais quoi ?

— Je lis.

— Ah !

Deux minutes de silence. Julien tourne une page.

— Julien ?

— … Mmm ?

— J'arrive pas à dormir… Tu veux venir boire un verre d'ouzo sur la terrasse ?

— Non merci. J'aimerais finir mon livre.

— Bon.

Julien fait un effort pour ne pas se laisser déconcentrer.

— Je pourrais nous mettre un film, reprend Yannis au bout de quelques minutes, j'ai plein de DVD, *la Garbo* et tous les vieux films formidables en noir et blanc.

— Regarde ce que tu veux, moi je vais continuer à lire.

— Dommage… Alors tu ne lis pas trop longtemps ; j'ai du mal à dormir avec ta lumière qui rentre dans ma chambre.

— Tu veux que je ferme ta porte ?

— Non, je n'aime pas dormir la porte fermée.

Yannis attend en vain une réaction de Julien. Il guette le moindre bruit, mais le seul son qui provient de la mezzanine est celui d'une page tournée.

— C'est embêtant ces insomnies, reprend-il.

— Et si tu faisais un peu de Makadjani ? Ça doit être bon contre les insomnies…

— Non, c'est pas le moment.

— Ah bon, il y a un moment ? demande Julien d'un ton où commence à percer une pointe d'agacement.

— Oui, et là, ça n'irait pas, répond Yannis avec humeur. Bon, bonne nuit. Je vais essayer de dormir malgré la lumière…

Toujours pas de réaction de Julien. Yannis reprend :

— … Et pense quand même à ma facture d'électricité, petit coquin !

Julien pousse un autre soupir, nettement plus bruyant que le précédent.

Il referme son livre d'un coup sec et éteint la lumière.

Les jours défilent, au rythme nonchalant et confortablement répétitif des vacances.

Il y a longtemps que Géraldine a renoncé à entraîner la petite troupe sur l'un des sites archéologiques de l'île ; seul Julien a fait preuve d'intérêt lorsqu'elle leur a suggéré de visiter l'un d'entre eux, mais elle n'a pu se résoudre à y aller sans son mari et leurs enfants, n'étant pas encore prête à renoncer à son fantasme d'unité familiale.

Chaque journée est l'objet d'une virée, toujours un peu plus lointaine, en quête d'une plage moins peuplée que la précédente. S'il est vrai que plus ils s'éloignent du centre, plus les touristes se font rares, l'isolement se paie par le nombre de kilomètres à parcourir pour rentrer chez Yannis, la fin du voyage se soldant invariablement par un pénible embouteillage, car les alentours de Kos Town sont tous saturés, quelle que soit la route empruntée.

Au bout d'une semaine, trouvant les activités purement balnéaires franchement fastidieuses, Géraldine s'offre une escapade pour explorer la flore locale, mais elle en revient avec un butin plutôt maigre. De toute évidence, ce n'est pas sur une colline de Kos qu'elle trouvera de quoi créer de nouveaux produits, et elle fait part à Laurent de sa déception. Le fait que, malgré cela, il insiste lourdement pour qu'elle renouvelle l'expérience, et la mine épanouie de Théo au terme de cette journée passée sans elle, achèvent de la convaincre qu'il vaut mieux éviter de laisser les hommes seuls ; elle prétexte donc l'attention constante que requiert Clara pour déclarer qu'elle préfère partager cette charge avec eux.

Un matin de la dernière semaine de leur séjour, Géraldine reçoit un coup de fil de son amie Éléonore, qui est en vacances sur une île voisine et propose qu'ils se retrouvent tous dans un hôtel de Kos, avant qu'elle ne rentre à Paris.

— On y va ? propose Géraldine. C'est l'occasion de changer d'air et d'aller passer deux jours dans un coin de l'île qu'on ne connaît pas.

— Avec Éléonore ? Aïe… Manquait plus qu'elle ! Moi, au point où on est, ça ne me dérange pas, mais je te préviens, dit Laurent en se tournant vers Julien, elle aussi, c'est une dingue.

Cette information n'inquiète pas son ami qui n'a qu'une idée en tête : s'éloigner de la maison, car la nuit dernière, il a subi à son tour une visite nocturne de Mme Bates.

Renonçant à lui faire une troisième bosse – ça commencerait à attirer l'attention –, il s'est résolu à aller chercher Olga, mais une fois arrivé dans la maison qu'elle occupe avec Maria, il l'a trouvée en pleins ébats avec Bachir.

— Je n'ai pas osé les déranger, surtout que c'était très chaud…

— Quelle bonne nouvelle ! se réjouit Laurent. À mon avis, plus Yannis les fait chier, plus ils doivent se défouler.

— J'arrive pas à les imaginer en train de niquer… Et toi ? demande Théo à sa belle-mère.

— Euh… je ne sais pas, je n'y avais jamais pensé.

— Et maintenant que t'y penses ?

— Est-ce qu'on doit vraiment avoir cette conversation ensemble ?

— Pourquoi pas ? Ma mère, elle est moins coincée que toi ! Vas-y, Julien, donne des détails !

— Je ne suis pas d'accord ! intervient Géraldine. Déjà que Yannis les traite comme de la merde, laissons-les tranquilles avec leur histoire de cul. Et puis je ne suis pas sûre que ce soit vraiment de ton âge.

— Dis plutôt que ce n'est plus du tien, ricane Théo.

— Je t'emmerde ! lui dit-elle avec son plus beau sourire.

Au regard courroucé que lui lance son père, Théo comprend qu'il a dépassé les bornes, et que la grossièreté n'est pas forcément le meilleur moyen de montrer aux adultes qu'on est digne de partager leurs blagues. Il se ratatine dans son transat, et Julien enchaîne en se bornant à préciser que Bachir avait l'air digne qu'il affiche en toutes circonstances.

Chacun se tait, occupé à imaginer à quoi ressemble un homme qui conserve une attitude digne pendant un rapport sexuel torride, tandis que Julien explique qu'il est reparti sur la pointe des pieds, pour trouver à son retour Maria en train d'escalader la mezzanine. Il s'est précipité pour l'empêcher de tomber et tenter de la faire redescendre doucement. Naturellement, en le voyant, elle a pris peur et s'est mise à hurler, ce qui a réveillé Yannis.

La flânerie échevelée de sa mère a plongé ce dernier dans un état de panique qui a rapidement tourné à l'hystérie. Alors qu'Olga, alertée par les cris, accourait et parvenait à tranquilliser Maria assez rapidement, c'est Julien qui a dû s'occuper de Yannis, qui s'est avéré bien plus difficile à calmer que sa mère.

— Sans déconner, c'est *Twin Peaks* ici ! conclut Julien.

Une appellation aussitôt adoptée par tous les autres qui ne désigneront plus leur résidence autrement. La possibilité de s'en éloigner provisoirement semble donc providentielle. Désireux de tirer son ami des conditions calamiteuses dans lesquelles il passe ses nuits, Laurent encourage sa femme.

— Tu as raison, c'est une très bonne idée ; allons retrouver Éléonore. Je te laisse faire, tu as carte blanche, ajoute-t-il d'un ton magnanime, alors qu'en réalité, il n'a qu'un souhait : ne s'occuper de rien.

C'est la première fois que Géraldine n'a personne à convaincre et dans un premier temps, elle est presque déçue. Une fois habituée à l'idée, elle envoie tout le monde faire des courses afin de rester seule, et de concrétiser rapidement leur petit voyage. Après un certain nombre de coups de fil et une heure passée sur le toit brûlant à effectuer des recherches sur Internet, tout est organisé.

En fin de matinée, elle guette le retour de la petite troupe sur la terrasse, et vient à leur rencontre en apercevant la Panda qui monte péniblement la côte. Dès que les hommes sont arrivés, un concert de récriminations se fait entendre : la voiture a été coincée par deux cars de retraités belges, et les Français ont dû patienter plus d'une heure avant de pouvoir repartir. Laurent a même failli en venir aux mains avec un vieux colonel flamand qui, selon lui, traînait délibérément des pieds. Géraldine leur sert un verre, et attend patiemment qu'ils soient à son écoute pour annoncer le programme.

— Tout est réglé : on part demain matin ; j'ai réservé des places sur un bateau qui nous déposera sur la petite île de Pserimos où nous passerons la journée.

— Y a beaucoup de vieilles pierres sur ton île ? s'enquiert Théo, inquiet.

— J'ai éliminé les visites guidées, donc on fait ce qu'on veut. Une fois de retour à Kos, on ira du côté de Psalidi, j'ai réservé des chambres dans un bel hôtel, et Éléonore nous rejoindra le lendemain.

— Y a une piscine ? se renseigne Laurent.

— Évidemment.

— Y a des Islandaises ? demande Julien.

— Même des Lapones ! J'en fais venir par cargo… rétorque-t-elle avec un large sourire.

Les préparatifs du départ se font dans une ambiance d'allégresse totale, seulement tempérée par la sombre humeur de Yannis, terriblement vexé d'apprendre que ses amis ont choisi de lui fausser compagnie durant deux jours.

— Vous n'êtes pas bien chez moi ?

— Bien sûr que si ! répond Géraldine. On aimerait juste faire un peu de tourisme.

— Vous pouvez faire des visites et rentrer le soir !

— Mais j'ai une amie française sur une île voisine ; elle vient exprès à Kos pour passer vingt-quatre heures avec nous !

— Elle aurait pu dormir ici !

— Où ça ? demande Julien. Dans le lit de camp de Bachir… qui du coup serait allé dormir sur le toit ?

— Comme vous voudrez, maugrée Yannis en s'en allant.

Deux minutes plus tard, il est de retour.

— Et si je venais avec vous ?

Les Français s'affairent plus que jamais et restent obstinément silencieux, jusqu'au moment où Laurent déclare :

— Bien sûr. Mais je te préviens : l'hôtel de Psalidi est hors de prix ; un véritable scandale !

Yannis bat en retraite.

Mais il passe le reste de la journée à faire des incursions chez ses locataires sous divers prétextes, principalement des mises en garde variées – faible qualité de l'hôtellerie locale, risque d'éruption du volcan de Pserimos, météo hasardeuse, mer déchaînée et autres catastrophes naturelles. Pour finir, il leur rappelle qu'en aucun cas, la nuit qu'ils passeront ailleurs ne saurait être défalquée du prix de la location.

Enfin sonne l'heure du départ, et le visage de Laurent redevient grave au moment où il ordonne : « Pas plus d'un petit sac par personne ! » – une consigne qui fait revivre à tous l'épisode douloureusement humiliant du coffre bloqué. Clara regarde son père d'un air rassurant censé lui rappeler qu'elle est spécialiste en poignées récalcitrantes, mais Laurent peine à interpréter le regard appuyé de sa fille.

— T'inquiète, papa, intervient Théo ; si le coffre coince encore, Clara nous le débloquera.

— C'est ça, et elle nous changera le pneu si on crève !

Profond soupir de Clara.

Le coffre chargé, Laurent s'assure à plusieurs reprises qu'il s'ouvre sans difficulté, et chacun reprend sa place dans la Panda.

Cette fois, c'est avec bonheur qu'ils affrontent les bosses de la route pour se rendre à la marina de Kos. Ils embarquent sur un voilier et prennent place sur le pont parmi les autres passagers, principalement des Anglais, des Allemands et des Scandinaves.

Julien s'assied près de Géraldine, il porte un sac-poubelle qu'il manipule avec soin car il contient son appareil photo, un vieux Nikon soigneusement emballé. De son côté, Laurent procède immédiatement à une rapide inspection du bateau, le temps de constater son inquiétant état de vétusté : la peinture est écaillée de toutes parts, le sol est couvert de taches de rouille, et les cordes sont sévèrement élimées.

— Contrairement à ce que son nom indique, je doute que le *Cyclades Odyssey* soit le bateau idéal pour une longue expédition…

— La traversée va durer une heure, lui rappelle Géraldine.

— Ça vaut mieux, parce que j'ai compté les bouées, j'en ai trouvé dix-huit, et on est… au moins quarante sur ce rafiot !

— Moi, je dirais plutôt cinquante, estime Julien.

— À ton avis, les chiottes font quelle surface ?

— Voyons : la porte fait quarante centimètres de large, la profondeur doit être de soixante ; ça ferait donc du 2,40 mètres carrés…

— Tu es généreux ! Moi je dirais que la profondeur fait aussi quarante, donc…

— Franchement, Laurent, interrompt Géraldine. Tu n'as rien de trouvé de mieux comme sujet de conversation ?

— Si... j'ai d'autres choses à évaluer, mais j'ai comme l'impression que ça ne va pas t'intéresser.

Il lui tourne le dos et poursuit ostensiblement son bavardage avec Julien. Géraldine cesse de les écouter. Elle observe le mouvement des personnes qui marchent sur les quais, montent ou descendent des bateaux voisins, et se tourne vers Théo.

— C'est vrai qu'avec la côte turque juste en face, on est vraiment au carrefour entre l'Orient et l'Occident…

— Ah non, commence pas !

— Allez, Théo, je suis sûre que tu meurs d'envie que je te raconte l'histoire de l'Empire ottoman !

— Tu peux me la faire en moins de deux minutes ?

— Plus de six cents ans d'histoire en moins de deux minutes ? Mais comment veux-tu que…

— Tant pis ! C'était ma condition.

— Dommage, c'est passionnant… n'est-ce pas, Laurent ?

Laurent ne répond pas : il n'a rien entendu étant donné qu'il est en train de s'adonner à son sport favori avec Julien, à savoir deviner si les deux filles blondes assises en face d'eux sont danoises ou finlandaises.

Géraldine soupire. Le ciel est gris, mais elle se met à fouiller frénétiquement dans son sac, en sort de la crème solaire et propose à tout le monde de s'en mettre.

— C'est pour faire venir le beau temps, c'est ça ? raille Théo.

— Mais non ! Tu ne sais pas que c'est par temps couvert qu'on risque les pires coups de soleil ?

— M'en fous.

— Tu t'en fous peut-être, mais en attendant, tu as été bien content de te tartiner avec mon gel à l'aloe vera, quand tu t'es brûlé au troisième degré au début des vacances.

— C'est bon, je crains plus rien.

— Ouais. C'est ce que disait Hercule – et il est quand même mort d'une insolation.

— Quoi ?… C'est vrai ?

— Non. Mais j'aime bien te raconter des conneries. C'est le seul moment où tu m'écoutes. J'aurais dû commencer par là avec l'Empire ottoman.

Les nuages se dissipent peu à peu, et après une demi-heure de navigation plus ou moins laborieuse, le commandant propose de jeter l'ancre afin de permettre aux passagers de se baigner. Laurent est le premier à plonger. Très vite, Géraldine, condamnée à garder Clara, est la seule touriste restée à bord. Tandis qu'elle aborde les membres de l'équipage afin de leur demander des renseignements sur Pserimos, la petite commence à escalader la rambarde avec l'intention visible de se jeter à l'eau. Sa mère la rattrape de justesse, met un quart d'heure à retrouver un rythme cardiaque normal, au terme duquel Clara, lasse d'être immobilisée fermement, commence à se débattre et à pleurer bruyamment. Géraldine cherche Laurent des yeux, elle finit par l'apercevoir et l'appelle à plusieurs reprises, mais il est trop loin pour l'entendre et ne semble pas pressé de remonter.

Elle l'observe durant plusieurs minutes, et ne tarde pas à trépigner autant que sa fille. La tête de Théo apparaît alors en haut de l'échelle.

— Ah ! Tu tombes bien ! s'exclame-t-elle.

Bien que ses tympans soient bouchés par l'eau, Théo entend distinctement les cris de sa petite sœur ; il comprend la situation et devine que sa belle-mère attend désespérément d'être relayée. Sans prendre la peine de lui dire un mot, il replonge aussitôt.

Sidérée, elle le regarde s'éloigner en se disant que s'il nage toujours aussi vite, il va falloir songer à lui présenter Philippe Lucas.

Lorsque Laurent regagne enfin le bateau avec les derniers baigneurs, Géraldine est dans un tel état d'exaspération qu'elle doit se faire violence pour s'empêcher de l'insulter. Mais comme elle sait pertinemment qu'une dispute à cet instant serait contre productive, elle se contente de lui mettre la petite hurlante dans les bras en lui ordonnant :

— Ne la lâche pas, elle essaie de sauter par-dessus bord !

Alerté par son expression crispée, Laurent évite prudemment de lui poser la moindre question. En quelques secondes, elle enfile le masque et le tuba qu'elle a empruntés au commandant, se jette dans la mer et disparaît sous l'eau.

Trois minutes plus tard, elle réapparaît en hurlant : tous les passagers se précipitent et la regardent avec effroi nager comme une folle en direction du bateau. La panique est aussi générale qu'instantanée, et chacun s'attend à voir surgir un aileron de requin derrière Géraldine, mais la surface de l'eau reste lisse.

Laurent confie Clara à Julien et aide sa femme à remonter à bord ; il lui tient la main et la frictionne avec une serviette car, malgré la chaleur, elle claque des dents. Quand elle a enfin repris son souffle, elle explique qu'elle vient de se retrouver nez à nez avec une énorme raie. Les Français sont rassurés, mais les autres touristes, qui n'ont pas compris ce qu'elle disait, continuent à la bombarder de questions en anglais. Géraldine, qui n'a jamais eu si peu envie de mondaniser de sa vie, reste muette.

Son silence est soudain rompu par une crise de hoquet retentissante.

Passé l'éclat de rire général qui accueille les petits couinements qu'elle tente de contenir, les passagers reportent leurs questions sur Laurent. Maîtrisant mal le *Who's Who* des poissons, il se résout à imiter la raie, en étendant ses bras qu'il fait onduler largement.

Comme au *Pictionary*, les propositions les plus variées fusent de toutes parts :

— Alien ! Bird ! Stewardess ! Michael Jackson ! Herbert von Karajan !

À chaque proposition, les passagers regardent Géraldine qui se contente de hocher négativement la tête entre deux hoquets. Julien finit par s'énerver :

— Karajan : Kaput ! Michael Jackson : Kaput ! Et puis c'est pas des poissons, merde !

Laurent poursuit vaillamment ses battements de bras et enfin, une Anglaise s'écrie : *Stingray !* en mimant à son tour le poisson. Laurent pousse un cri de victoire ; Géraldine acquiesce douloureusement, et les autres passagers traduisent aussitôt le mot dans leur langue natale – *raya*, *rochen, rokke, beun, rejnok* – traduction systématiquement suivie d'un éclat de rire en direction de la victime qui sourit à la ronde en essayant de prendre un air dégagé.

Heureusement, les marins, qui ont profité de l'heure de baignade pour pêcher, font diversion en remontant leur filet sur le pont. Les passagers s'extasient lorsqu'un matelot vient leur présenter un seau de poissons tout juste sortis de la mer et encore frétillants – ils apprécient nettement moins le moment où il vide son seau sur le sol pour les achever à coups de manivelle, éclaboussant les spectateurs les plus proches de morceaux de chair sanguinolente.

Géraldine profite de cet épisode pour reprendre ses esprits et contrôler son hoquet. Elle se sent encore fragilisée par sa récente frayeur, et cherche Laurent qui était encore tout près d'elle quelques minutes plus tôt.

Il est désormais en grande discussion avec Julien et les deux Scandinaves dont ils s'amusaient à chercher la nationalité. Les jeunes femmes, deux belles plantes d'un mètre quatre-vingts, sont particulièrement animées. Le vent couvre leurs voix et Géraldine peine à les entendre ; elle comprend toutefois qu'ils s'amusent à échanger des noms de poissons dans leurs langues respectives et à les mimer pour se faire comprendre, exercice qui suscite chez eux une franche hilarité, et chez elle, une soudaine indulgence envers les tueurs en série. Elle est bien tentée de se joindre à eux pour leur rappeler qu'en dépit des apparences, Laurent n'est pas célibataire, mais après la scène humiliante dont elle vient d'être l'objet, elle préfère se faire oublier.

Tandis que le voilier reprend sa route, Géraldine va s'asseoir à l'ombre avec Clara. Elle la prend sur ses genoux et la serre contre elle. L'odeur douce et familière de sa peau et de la crème qu'elle lui a appliquée l'apaise instantanément. Du coin de l'œil, elle observe son mari tandis qu'il parle avec les jeunes femmes, et le trouve soudain particulièrement séduisant. Sentant le poids de son regard, il revient vers elle, l'embrasse tendrement, avant de lui dire :

— J'y retourne. Julien n'a pas besoin de moi. Mais quand même.

Et il repart en bombant exagérément le torse. Géraldine éclate de rire et se dit qu'il est grand temps qu'elle cesse de se formaliser des comportements immatures de Laurent, d'autant qu'en l'observant en compagnie de Julien, elle comprend combien il aime s'y complaire.

Ce moment d'accalmie est toutefois de courte durée, car Théo, assis près d'elles, devient soudain littéralement vert, et se lève d'un bond pour aller vomir par-dessus la rambarde. Il revient s'asseoir, mortifié. Consciente que tout ce qu'elle pourrait lui dire serait mal accueilli, Géraldine se contente de lui tendre une bouteille d'eau et un mouchoir.

Tandis que le bateau entre dans la baie de Pserimos, le commandant informe les passagers qu'ils devront être de retour à seize heures. Dès que le *Cyclades Odyssey* est amarré au quai, tout le monde descend et se disperse dans le petit village d'Avlakia, en quête d'un restaurant pour déjeuner.

Géraldine installe Clara dans sa poussette et avance d'un pas décidé. Laurent la rattrape, la mine légèrement embarrassée ; quelques mètres derrière eux, les blondes – des Norvégiennes finalement – sont toujours en train de parler avec Julien, et elle devine instantanément ce que son mari s'apprête à lui demander.

— On pourrait peut-être leur proposer de dé…

— Pas question.

Julien les rejoint à ce moment-là :

— Elles sont vraiment sympathiques… Tu avais deviné qu'elles sont sœurs ?

— Pas du tout !

— D'après toi, c'est laquelle l'aînée ?

— Je dirais… celle qui a les cheveux attachés.

— Vraiment ?… Moi, je pense que c'est l'autre.

— Je vais ouvrir un bureau de bookmakers rien que pour vous deux, décrète Géraldine. Franchement, c'est la fortune assurée !

Attablée au milieu des siens, à l'ombre d'un grand parasol, elle parvient finalement à retrouver un peu de sérénité en constatant que Théo se sent beaucoup mieux, et que son mari ne semble pas lui en vouloir de son refus d'élargir leur cercle à ses nouvelles amies.

Pendant qu'ils examinent le menu, une abeille vient tournoyer autour de Géraldine.

— C'est comme pour la fumée de cigarettes, remarque-t-elle en se figeant. Elle va toujours du côté de ceux qui ne la supportent pas…

Conciliant, Julien fixe l'abeille avec un grand sourire.

— S'il te plaît, ma jolie, tu peux aller faire un tour un peu plus loin ?

Celle-ci repart aussitôt d'où elle était venue.

— Voilà, se contente-t-il de dire.

Géraldine s'apprête à le remercier, puis trouvant la situation grotesque, préfère y renoncer.

Hélas, le déjeuner est désolant : tout le monde a commandé le même plat, un assortiment d'entrées grecques, qui est en fait composé d'une salade russe, d'un tzatziki tiède, de feuilles de vignes farcies probablement issues d'une boîte de conserve, d'un œuf dur et de morceaux de pieuvre gluante. D'un même élan, Géraldine, Laurent et Julien expriment leur mécontentement à la serveuse, mais ils réussissent seulement à la faire rire. Ils lui demandent tout de même de transmettre leurs récriminations au patron ; car Théo, redevenu aussi vert que sur le bateau, se plaint de maux de ventre. Quelques minutes plus tard, le patron vient les voir, mais c'est juste pour leur jeter l'addition sur la table en affirmant :

— *Very good salad !*

— *Not very good ! Look at my son !* s'indigne Laurent en désignant Théo qui est de plus en plus blême.

Le patron le regarde sans la moindre compassion, et conclut :

— *Excellent salad !*

— C'est pas possible qu'on se laisse faire ! se révolte Géraldine. Si Yannis était là, il lui aurait fait signer une reconnaissance de dettes d'un million de dollars pour empoisonnement et préjudice moral !

Plus motivés que jamais, Laurent et Julien se lèvent d'un bond. Tentant de s'inspirer de celui qui est soudain devenu leur maître à penser, ils engueulent le patron, lui rappellent qu'il est responsable si Théo tombe malade, et l'accusent de pratiquer des prix exorbitants compte tenu de la piètre qualité du repas. Naturellement, ils exigent une ristourne non négligeable, voire l'annulation de l'addition.

Le patron attend patiemment qu'ils aient fini, et répond sans ciller :

— *Now you pay, or I call the police.*

La mort dans l'âme, les Français obtempèrent.

Une fois sortis, ils s'éloignent un peu et passent devant une taverne où des clients sont attablés devant des poissons grillés qui semblent particulièrement frais et alléchants. Personne ne se risque à faire le moindre commentaire, à part Clara qui n'a presque rien mangé et se plaint d'être affamée. Géraldine entraîne tout le monde à l'ombre, et chacun s'assied sur le trottoir tandis qu'elle se rend dans une épicerie d'où elle ressort avec un beignet au chocolat pour sa fille, et un Coca pour Théo.

— Dire que ta fille adore les fruits de mer, lui dit-il en se tenant le ventre. À mon avis, on lui fait goûter la pieuvre de ce midi et elle n'en mange plus jamais de sa vie…

— Il faut avouer que le Yannis, il est très fort ! reconnaît Laurent. Parce que, à part dire au mec qu'on est très pauvres, on a tout fait comme lui !

— Et on était deux à l'assaut ! renchérit Julien.

— On va lui demander de nous donner un cours, décide Géraldine.

— À moins qu'il ne nous arnaque ! s'exclame soudain Laurent en se redressant. Si ça se trouve, il a un deal avec les tavernes où il nous emmène : les patrons doublent l'addition, Yannis fait semblant de se battre pour faire baisser la note, et quand il revient la fois d'après, ils se partagent le bénef pendant que ses nouveaux locataires admirent le coucher de soleil comme des cons !

— À mon avis, l'embrouille marche aussi avec Manoli, « le meilleur loueur de l'île » ! ajoute Julien, imperturbable.

— Vous déconnez, tempère Géraldine. Yannis est cinglé, radin, tout ce que vous voulez, mais je ne pense pas qu'il soit malhonnête, en tout cas, pas à ce point-là !

— Tu as raison, concède Laurent, s'il était malhonnête, il t'aurait montré les photos de sa maison au lieu de la nôtre !

Un quart d'heure plus tard, Théo se sent beaucoup mieux et Clara est rassasiée. Pour manifester sa reconnaissance envers Julien qui l'a gardée sur ses genoux pendant qu'elle mangeait son beignet, elle le serre dans ses bras et en profite pour essuyer ses doigts gras sur son tee-shirt.

La proposition de Géraldine d'aller visiter le monastère de Grafiotissa ayant été refusée à l'unanimité, elle sort ses notes et propose de marcher un peu plus loin pour atteindre une plage à l'écart de la foule. Cette fois, tout le monde la suit et effectivement, elle les conduit jusqu'à une plage de sable fin peu fréquentée. Sur place, ils peuvent enfin se relaxer et goûter au plaisir d'une baignade prolongée – à l'exception de Géraldine qui, jugeant qu'elle a accompli suffisamment de prouesses nautiques pour la journée, choisit de rester près du bord à barboter avec Clara dans vingt centimètres d'eau.

Quand Julien revient se sécher, il déballe soigneusement son vieux Nikon et prend des photos pour la première fois depuis son arrivée. Géraldine l'observe tandis qu'il fait des portraits de Clara. En arrière-plan, il distingue une brochette de naïades allongées, et reporte son objectif sur elles. Une fois qu'il les a mitraillées, il s'éloigne pour faire d'autres clichés. Intriguée, Géraldine le suit des yeux ; dans un premier temps, elle croit qu'il prend des clichés du sable, avant de comprendre qu'il photographie des ombres.

Enfin, le regard de Géraldine s'attarde sur Laurent et Théo qui s'ébrouent au loin et semblent s'amuser comme des fous. La joie qu'elle ressent devant leur complicité lui procure une grande sensation de fierté, car elle ne s'y sent pas étrangère. Lorsqu'elle a rencontré Laurent, il n'était pas très proche de son fils : depuis sa séparation avec sa mère, il le voyait à un rythme aléatoire, et plusieurs semaines s'écoulaient parfois sans que Théo ne passe une nuit chez son père. C'est Géraldine, quand Laurent s'est installé chez elle, qui a insisté pour qu'il prenne son fils un week-end sur deux et la moitié des vacances, et rapidement, leurs liens se sont resserrés. À cet instant, devant le spectacle qu'ils lui offrent à leur insu, Géraldine se dit que son rêve est enfin atteint, et un profond sentiment d'apaisement l'envahit. Des images lui reviennent tandis que se dessinent les contours d'un bonheur si furtivement connu avec son premier mari qu'elle en a oublié l'émouvante simplicité. Privée de ces moments de certitude au cours desquels elle partageait son amour pour sa fille avec son père, elle s'était persuadée qu'elle pouvait aussi bien les vivre seule. Pourtant, il arrivait qu'elle se laisse aller à contempler le spectacle d'une famille unie à la dérobée. Elle sentait alors l'émotion la gagner, et détournait les yeux.

Longtemps habituée à former un tandem avec sa fille, à être la mère vigilante et responsable de tout – santé, câlins, éducation, bobos, réprimandes et confidences –, elle goûte pleinement au bonheur que lui inspire la présence de Laurent, pour elle et pour Clara. Elle peut désormais se permettre de baisser la garde.

Clara vient se blottir contre elle et appuie sa tête sur son épaule. Agenouillée sur un petit banc de sable avec sa fille, Géraldine cherche à mettre des mots sur le sentiment d'évidence et d'harmonie qu'elle redécouvre, et s'amuse de ne trouver aucun terme qui le définisse. « Je suis au complet », se dit-elle.

À la fin de la baignade, le soleil tape particulièrement fort et Laurent s'enduit de crème solaire. Il tend le tube à Théo qui, comme à l'accoutumée, le refuse. Cette fois, Laurent n'est pas prêt à laisser son fils griller sans protection, et il fait appel à Géraldine et Julien. Tous trois s'approchent de l'adolescent avec un grand sourire, et juste au moment où ce dernier commence à s'étonner de leur attitude étrange, Laurent s'écrie : « Placage ! » Géraldine et Julien se jettent sur Théo et l'immobilisent au sol, tandis que son père le couvre de crème. Théo se débat et appelle Clara à l'aide ; elle accourt, mais en fait, c'est pour aider ses parents, et elle s'assied sur son grand frère. La petite rit à gorge déployée et son fou rire gagne les autres, y compris Théo qui, d'abord humilié et furieux d'être traité de la sorte alors que la plage regorge de jolies filles, finit par rendre les armes.

— Te plains pas, lui dit son père, tu feras jamais les J.O. mais grâce à nous, t'auras peut-être une médaille de bronzette !

La petite troupe quitte la plage à regret. Personne ne parle sur le chemin du retour ; une manière de prolonger le moment privilégié que chacun vient de vivre.

Le silence est rompu lorsqu'en route vers le port, ils croisent un couple d'Allemands qui leur demande de les prendre en photo. Géraldine et Laurent désignent Julien, qui s'exécute tandis que les jeunes gens prennent la pose en s'enlaçant amoureusement. Pris d'une soudaine inspiration, Laurent se faufile et se positionne derrière eux, il enroule rapidement son tee-shirt orange en turban autour de sa tête et noue sa serviette blanche en toge. Géraldine, Théo et Clara jubilent en le regardant se transformer en pharaon. Laurent vient insidieusement figurer sur la photo en prenant un air inspiré pour adopter diverses postures, des plus obscènes aux plus majestueuses. Julien fait durer le plaisir, multiplie les prises et les indications à l'attention du couple :

— Plus près ! Embrassez-vous s'il vous plaît... Parfait ! Une dernière en regardant vers la mer...

Les jeunes gens remercient Julien avec effusion, il les salue et s'éloigne en sifflotant.

— Papa est sur toutes les photos ? lui demande Théo, hilare.

— D'après toi ?

Ils vont se cacher derrière un arbre quelques mètres plus loin, et semblables à des enfants se réjouissant de leur forfait, ils guettent la réaction du couple découvrant avec stupeur les photos : à leurs côtés, Ramsès II revenant de son bain de soleil, ruine consciencieusement chaque image.

Lorsqu'ils regagnent le voilier, les Norvégiennes sont déjà à bord et les accueillent chaleureusement à grands coups de *Rollmops !* Julien va aussitôt s'asseoir sur le pont avec elles ; Laurent est bien tenté de lui emboîter le pas, mais il renonce, sachant que la tolérance de son épouse a des limites, quel que soit son état de félicité. Bien conscient qu'aucune négociation n'est envisageable, il reste sagement auprès d'elle durant la traversée, qui se déroule sans encombre.

Une fois qu'ils sont descendus du bateau, Julien annonce à Laurent et Géraldine :

— Elles sont toutes les deux adorables. Je vais les inviter à dîner.

Curieux d'entendre la réponse des Norvégiennes, Laurent, Géraldine et Théo tendent l'oreille tandis que Julien invite les deux sœurs. À la stupeur générale, l'une d'elles répond simplement :

— Papa ne voudra jamais, il nous attend à l'hôtel.

Les deux filles lui font un grand sourire, crient un *bye bye* à la cantonade, et s'éloignent tranquillement.

Julien est atterré.

— C'est quoi ce délire ? Mais elles ont quel âge ? Je vous en prie, dites-moi qu'elles ne sont pas mineures…

— Maintenant que j'y réfléchis, rigole Laurent, c'est pas impossible…

— C'est moi qui aurais dû les draguer ! déplore Théo. Si ça se trouve, elles ont mon âge !

Littéralement catastrophé à cette idée, Julien met la tête dans ses mains :

— Putain, j'ai frôlé la prison !

La Panda prend la direction de l'hôtel où les vacanciers passeront les deux nuits suivantes. En route, ils découvrent un palace qui dispose d'une terrasse avec vue plongeante sur la baie, et décident de s'y arrêter un moment.

— Vous résidez à l'hôtel ? demande l'hôtesse qui accueille les clients à l'entrée de la terrasse.

— Non, pourquoi ? s'enquiert Géraldine.

— C'est ce que je pensais, se contente de répondre la pimbêche, en louchant sur le sac-poubelle de Julien, qui n'a pas voulu laisser son appareil dans la voiture.

— Vous n'allez pas nous faire croire que le bar est réservé aux clients de l'hôtel ?

— Non, concède-t-elle. Mais l'accès du lounge n'est pas autorisé aux hommes torse nu.

En effet, Julien ne porte que son short, car il a préféré laisser son tee-shirt plein de taches de gras dans la voiture. Géraldine tourne les talons et repart sans adresser un mot de plus à l'hôtesse.

— J'ai les boules ! s'exclame-t-elle une fois dehors. On aurait été tellement bien…

— Mais on va y aller ! répond Julien. Attendez-moi, je vais acheter une chemise.

Il se dirige vers les magasins qui se succèdent dans la rue avoisinante, bientôt suivi par Géraldine qui entraîne les autres pour une petite balade dans le quartier commerçant. Tandis qu'elle regarde les vêtements dans une boutique, Laurent la rejoint et lui désigne une robe.

— Elle est jolie, non ? Je te l'offre !

Géraldine commence par acquiescer ; elle contemple la robe, palpe le tissu puis glisse sa main à l'intérieur pour attraper l'étiquette.

— 100 % acrylique, c'est de la merde ! Laisse tomber chéri, désolée.

Dans la boutique d'à côté, Laurent désigne une autre robe à Géraldine qui secoue négativement la tête.

— Même pas besoin de toucher.

— On dirait ma mère ! s'exclame Théo. Toutes mes fringues préférées, elle dit que c'est de la merde. C'est insupportable.

Géraldine ne relève pas ; elle est secrètement flattée que, pour une fois, Théo la place au niveau de sa mère, même si c'est pour s'en plaindre.

Laurent se contente donc d'acheter des tee-shirts pour les enfants, et se venge du refus de sa femme en lui offrant un mug décoré d'une grosse tête de poisson.

— C'est comment déjà ? Ah oui, : raya, rochen, rokke… j'ai oublié les autres !

Ils retrouvent Julien qui les attend à l'entrée du palace, arborant une chemise d'un blanc éclatant. Son appareil photo est désormais dissimulé dans le sac qui contenait la chemise, et la petite troupe se rend triomphalement au lounge, se payant le luxe d'ignorer la jeune femme à l'entrée.

Bien calés dans de confortables fauteuils club, ils commandent à boire, et ne tardent pas à sombrer dans la torpeur béate à laquelle invite l'atmosphère paisible et luxueuse de l'endroit.

Les cocktails se révèlent dévastateurs : d'aspect innocent avec leur belle couleur fruitée, ils sont généreusement alcoolisés et, à la fin du premier verre, la faim et la fatigue aidant, tous les adultes sont assommés. Géraldine, dont la vigilance ne se relâche jamais complètement, fait remarquer à Julien qu'il y a une étiquette sur le côté de sa chemise et propose de la lui enlever. Julien baisse les yeux et observe le petit bout de carton.

— Non merci, je vais la garder.

— C'est une blague ?

— Non. C'est la plus belle étiquette que j'ai jamais vue de ma vie. Je l'adore.

Désinhibée par l'alcool, Géraldine se permet de lever les yeux au ciel et de souffler bruyamment. Bien que ça ne semble pas le moins du monde contrarier Julien, Laurent fait taire sa femme en commandant une tournée générale, et en y ajoutant une bière pour Théo. Le second maï taï réveille totalement les Français, qui commencent à se démarquer nettement de l'atmosphère feutrée du lounge : ils trinquent en criant *Iassou !* chaque fois qu'ils boivent une gorgée, et sont bientôt rejoints par Clara, bien heureuse que pour une fois, sa mère ne s'alarme guère de la voir cogner son verre à tout-va.

Quand chacun a absorbé la dernière goutte de sa boisson, Laurent annonce solennellement qu'il va aux toilettes, mais il doit s'y prendre à plusieurs reprises pour parvenir à s'extirper de son siège.

À son retour, il se laisse tomber lourdement dans son fauteuil et déclare :

— Ce punch m'a assommé. Je vais en prendre un autre pour voir si ça me fait le même effet.

Confirmation après le troisième verre. Géraldine décide qu'il est temps de se rendre à leur hôtel. Et précise qu'étant donné l'état de Laurent, c'est elle qui prend le volant. Sur le chemin, elle est tellement gaie qu'en apercevant de jolies blondes, elle klaxonne et devance Julien en leur adressant un salut chaleureux.

À leur arrivée, les Français sont juste en état de constater que l'hôtel est à la hauteur de leur attente. Ils vont dîner – un repas dont ils n'auront pas le moindre souvenir le lendemain au réveil. Géraldine gardera seulement en mémoire l'impression d'avoir passé la soirée à fixer l'étiquette qui pendouillait de la chemise de Julien. Il lui semblera même qu'à un moment donné, ce détail lui a paru si éminemment comique qu'elle s'est dit que si Julien n'était pas le meilleur ami de son mari, il serait le sien.

Mamoune chérie,

Ils m'auront tout fait !

Je n'ai toujours pas mes meubles : ils prolongent la quarantaine pour effectuer un « cold decontamination process ». Carrément flippant. Je tremble pour mon petit bureau et ma vieille armoire normande ; Dieu sait dans quel état je les retrouverai.

Quand on pense qu'il y a un Ikea à Sydney...

Enfin ne t'inquiète pas : j'ai pris l'habitude de travailler par terre. Je crois même que je préfère.

Tu m'as demandé ce que je mangeais... Franchement, côté bouffe, c'est vraiment une autre planète ! Il n'y a pas de pain frais – ni du bon, ni du mauvais : dis-toi bien que ça n'existe pas ! Même au restau, ils te sortent du pain en tranches industriel. Je n'ai pas vu une seule boucherie, mais au supermarché près du campus, il y a toutes sortes de viandes hachées qui ont l'air trop bizarres, un million de saucisses, et 3 allées avec des boîtes de thon différentes. Une plaque de beurre coûte 4 euros, les légumes sont des produits de luxe, et l'eau minérale coûte plus cher que la bière. Mais tu trouves des pizzas géantes à 2 dollars.

En gros, quand tu seras à Paris, ce serait bien que tu m'envoies quelques pots de crème spéciale « Pour celles qui mangent n'importe quoi ». Si elle n'existe pas, dépêche-toi de l'inventer. Toujours en rapport avec une éventuelle amélioration de mon alimentation, j'espère aussi que tu auras la possibilité d'augmenter mon virement. Si tu ne peux pas, ce n'est pas grave. Hier soir, j'ai fantasmé sur des packs de soupes de légumes et me suis dit que j'allais te demander de m'en envoyer 50. Et puis j'ai renoncé : à cause du coût du transport bien sûr ; mais surtout parce que ces cons seraient capables de les « fumigate ».

Tant pis ! tu me feras des légumes quand je rentrerai, l'année prochaine.

Biz Mamoune, vous me manquez tous.

La climatisation marche à fond dans le business lounge de l'hôtel, et Géraldine grelotte. La perspective de ne pas revoir sa fille avant un an la plonge dans un tel état d'anxiété qu'elle manque d'avoir un malaise. « J'y vais cet hiver », se répète-t-elle jusqu'à ce qu'elle en soit convaincue. Une fois que sa respiration est redevenue normale, elle relit le mail. Bien que fortement ébranlée par les images qui se bousculent dans sa tête – celles d'une Émilie obèse, à la peau grasse et sujette à toutes sortes de carences – elle lui répond en prenant bien soin de ne pas lui laisser deviner son anxiété. Elle sait trop combien cela lui serait reproché dans le mail suivant.

Pour une fois, elle n'a reçu aucun message professionnel – « putain de 15 août ! » regrette-t-elle – et elle va rejoindre son mari et leurs enfants qui déjeunent autour de la piscine. Un moment qu'elle apprécie tout particulièrement car, depuis le début des vacances, c'est la première fois qu'ils prennent un repas sans Julien ; et c'est aussi le premier petit déjeuner qu'elle ne prépare pas elle-même.

Une heure plus tard, elle est allongée sur une confortable banquette, et feuillette un magazine. Elle distingue la silhouette de Théo de l'autre côté de la piscine, au milieu d'adolescents de son âge. Il est principalement entouré de têtes blondes, à croire que c'est contagieux. Laurent se baigne dans le petit bain avec Clara. Il sort de l'eau en voyant Julien arriver, et la petite qui s'est fait une amie dans la piscine revient avec elle près de sa mère.

— Comment t'appelles-tu ? demande Géraldine à la fillette.

— Clowdzine.

— Comment ?

— Clowdzine.

— Je n'ai pas compris ma puce…

— Clowdzine ! hurle Clara.

— Euh… où sont tes parents ?

— Juste ici ! répond la femme allongée sur la banquette voisine.

Elle se lève et lui tend la main.

— Bonjour, je m'appelle Annie, lui dit-elle avec un accent québécois très prononcé. Je suis la maman de Clowdzine.

— Claudine ! s'exclame Géraldine, soulagée de comprendre enfin.

Elle se lève à son tour et engage la conversation avec Annie. « Enfin des gens normaux avec qui communiquer ! » se réjouit-elle, avant de se faire la réflexion qu'elle classe tout naturellement son mari et Julien dans la même catégorie que les habitants de *Twin Peaks*. Elle chasse aussitôt cette idée de son esprit pour se concentrer sur son interlocutrice. À sa grande honte, elle ne comprend quasiment rien à ce que lui dit la Québécoise et est obligée de la faire répéter systématiquement. Elle se rassure en l'entendant fredonner *Bateau, sur l'eau* à Claudine : en chantant, l'accent disparaît.

Deux heures après, elle comprend Annie du premier coup, et n'en finit pas de la trouver incroyablement gentille. Apprenant que celle-ci est dermatologue, Géraldine s'autorise à lui demander de jeter un œil à sa trousse de toilette, et tout en examinant ses produits un par un, elle lui confie que sa marque de cosmétiques sera bientôt exportée au Québec, sans pouvoir s'empêcher d'en faire aussitôt l'article. Après le départ d'Annie, Géraldine poursuit sa réflexion allongée sur son transat, tout contre Clara qui fait la sieste. Elle se détend au contact de son petit corps chaud, et finit par s'assoupir aussi. Jusqu'au moment où la sonnerie de son téléphone portable la réveille en sursaut.

— Je suis à l'hôtel, où es-tu ? lui demande son amie Éléonore de sa voix aiguë.

— À la piscine.

— J'arrive.

Deux minutes plus tard, Éléonore fait son entrée et vient à la rencontre de Géraldine. C'est une femme asiatique très élégante, impeccablement maquillée et coiffée, dont il est difficile d'estimer l'âge. Elle est petite mais très bien faite, porte une robe de soie rose, un minuscule sac assorti et des sandales à talons hauts. Julien et Laurent, qui sont en train de boire un cocktail à l'ombre, restent en retrait pour observer la scène. Les deux femmes discutent quelques instants ; visiblement, elles cherchent Laurent des yeux, mais il ne fait aucun effort pour être repéré, et Éléonore repart en annonçant qu'elle va se mettre en maillot.

— Elle ne ressemble pas du tout à l'idée que je me faisais d'une Éléonore… de quoi, déjà ? demande Julien.

— Éléonore de Poitiers, répond Laurent.

— Porter un nom pareil et s'habiller comme une poule, quel gâchis ! Pourquoi tu disais qu'elle est dingue ?

— Pas vraiment dingue, mais très exubérante. Un peu pathétique aussi. En fait, ses parents sont vietnamiens et son vrai prénom c'est Trinh, mais elle se fait appeler Éléonore depuis son mariage avec un de Poitiers, quand elle avait vingt ans. Ils ont divorcé deux ans après, mais elle a gardé son nom. Je crois qu'elle a passé sa vie à essayer de faire oublier ses origines.

— C'est-à-dire ?

— La dernière fois qu'on s'est croisés, c'était au printemps, à la gare de Lyon. Avec Géraldine, on rentrait d'un séminaire, elle était sur le quai voisin et attendait ses parents qui habitent Mâcon. Elle avait l'air hyper emmerdée de nous croiser là. Ses parents sont descendus du train, c'est un petit couple de Vietnamiens très gentils, et à peine sur le quai, sa mère a commencé à sortir des nems de son sac, et plein de bouffe qu'elle avait préparée pour elle. Éléonore était furieuse qu'on la voie dans ce contexte, alors que c'était touchant.

— Comment ça se fait que ta femme soit amie avec elle ?

— En fait, elles ne sont pas très proches, mais elles se connaissent depuis longtemps : Éléonore l'a aidée quand elle a monté sa boîte, elle lui a prêté de l'argent et l'a toujours soutenue dans les périodes difficiles.

Géraldine connaît ses défauts, mais elle s'en fout, elle lui sera toujours reconnaissante de l'avoir aidée.

— Je comprends mieux.

Quand Éléonore réapparaît, elle longe la piscine dans un paréo vaporeux, juchée sur une paire de mules aux talons encore plus hauts que les précédents, et accompagne chacun de ses pas d'un déhanchement chaloupé. Julien la dévisage, fasciné.

— Un cul pareil à son âge, c'est impressionnant ! Annonce la bonne nouvelle à ta femme : je vais me remettre à écrire. Un recueil de poèmes. Le premier s'intitulera : *Il faut sodomiser Éléonore de Poitiers !*... Allez viens, il est temps que je l'observe de plus près.

Une fois les présentations faites, les deux hommes s'allongent sur des transats près des deux amies afin d'écouter tranquillement leur bavardage.

Celles-ci se racontent les grandes lignes de leur séjour respectif : celui d'Éléonore, qui a fait une thalasso dans un hôtel raffiné de trente chambres s'est merveilleusement bien passé, « un hôtel beaucoup plus chic que celui-ci ! » prend-elle bien soin de préciser. C'était la première fois qu'elle partait seule, mais l'endroit était si beau et les gens si sympathiques qu'elle ne s'est pas ennuyée une seconde. Après avoir entendu l'énumération détaillée des plats locaux dont son amie s'est régalée, Géraldine dissimule leurs propres déconvenues et fait de leurs vacances un récit enjolivé, n'hésitant pas à qualifier la propriété de Yannis de « petit paradis terrestre », ce qui provoque l'hilarité de Julien et Laurent.

Puis Éléonore téléphone à sa fille pour prendre de ses nouvelles : elle est enceinte et vient de partir en vacances ; une bonne raison pour lui donner une multitude de conseils. À peine a-t-elle raccroché qu'elle la rappelle pour lui dire de ne pas oublier de mettre de l'écran total.

— Elle est censée accoucher quand ? lui demande Géraldine.

— Dans un mois.

— Ce sera plutôt dans une heure si tu continues à la faire chier comme ça, intervient Laurent.

— Laurent ! s'indigne Géraldine.

— Ce n'est pas grave, il me taquine. Et vous, Julien, que faites-vous dans la vie ?

— Pas grand-chose.

— Julien est un homme de goût ; un dilettante ultra doué, précise Laurent.

— Un dilettante ? répète Julien, songeur. Je ne sais pas. Plutôt un amateur de belles choses qui se contente de les observer de loin.

— Sauf quand il s'agit des femmes... précise Laurent.

— Dites-m'en un peu plus ! s'émoustille Éléonore.

— Passons. En un mot : il produit peu, mais il a beaucoup de talent, résume Laurent qui commence à trouver pénible cet enchaînement de questions.

— En un mot, c'est un branleur ! intervient Géraldine. Il ne fout pas grand-chose et ça lui plaît énormément. Julien : tu m'arrêtes si je me trompe...

— Non, c'est exactement ça.

— Mais Laurent dit que vous avez beaucoup de talent ! Dans quel domaine ?

— Oui, dans quel domaine ? reprend Julien qui semble s'amuser follement.

Bien que Julien soit visiblement très à l'aise, Laurent insiste pour le défendre et bafouille une phrase incertaine dans laquelle il est vaguement question d'art et de littérature. Géraldine le laisse parler, elle est touchée de voir le mal qu'il se donne pour valoriser son ami ; mais ce n'est pas une raison pour qu'elle se prive de l'occasion qui lui est donnée de se venger de toutes les brimades qu'elle a subies depuis le début.

— Il parle toutes les langues scandinaves, et aussi le dialecte des abeilles ! renchérit-elle.

De plus en plus réjoui, Julien se retourne pour faire bronzer le côté pile de son corps, tandis que, furieux, Laurent poursuit ses louanges confuses, et qu'Éléonore n'en finit pas de s'extasier sur les capacités extraordinaires dont il semble pourvu.

— Si je comprends bien, suggère-t-elle, on peut imaginer qu'au XIXe siècle, Julien aurait probablement tenu un salon très prisé.

— Je ne pense pas, commente enfin l'intéressé d'une voix partiellement étouffée par sa serviette.

— Mais si !

Éléonore attend qu'il acquiesce, mais Julien reste silencieux. Enfin, il relève la tête de sa serviette, le temps d'une concession :

— Va pour le XIXe. Mais pas en France, en Amérique, et ça se serait appelé un saloon.

— Il plaisante, n'est-ce pas ? demande Éléonore à Laurent.

— ... Non, lâche enfin Laurent. C'est vrai qu'il n'aurait jamais eu la patience de tenir un salon.

— Eh bien, va pour le saloon, conclut Éléonore, c'est beaucoup plus amusant ! Ouvrez-en un à Paris, Julien, et je serai votre première cliente !

Le soir venu, tout le monde se retrouve au bar de l'hôtel pour y prendre un apéritif. Géraldine les rejoint dès l'arrivée de la baby-sitter qui va garder Clara. Sa nouvelle amie canadienne passe lui dire bonsoir, et lui recommande un restaurant où elle a passé une soirée inoubliable. Géraldine y réserve aussitôt une table.

Annie a juste omis de leur préciser qu'en dépit de son nom, *L'Acropolis*, il s'agit d'un restaurant spécialisé en gastronomie française. Un détail que la petite troupe ne découvre qu'à la lecture des cartes.

— Très sympathique ce restaurant grec… qui sert du bœuf bourguignon ! observe Julien.

— Ma chérie, où nous as-tu emmenés ? s'esclaffe Laurent. Je n'ai jamais vu un menu pareil !

— Je suis désolée, Annie ne m'a pas dit que c'était un restau français…

— Français quand ils veulent ! Parce que la salade Geisha, je ne crois pas que ce soit une spécialité auvergnate ! Dire que c'était mon dernier repas en Grèce… soupire Éléonore.

— Moi, la salade Geisha, elle me fait bien envie, répond Julien. Je vais en prendre une. Et puis une entrecôte.

— Moi pareil ! s'exclame Laurent. J'en rêve depuis celle qu'on n'a pas pu commander à Vouliagmeni, le premier jour. Tu adores la viande, j'en commande une pour toi aussi, assène-t-il à Géraldine, lui signifiant ainsi qu'il en a marre d'attendre qu'elle se décide.

À peine les entrées sont-elles posées sur la table que les Français devinent qu'ils sont à nouveau confrontés à la malédiction gastronomique qui les poursuit depuis leur arrivée sur l'île.

— Mais qu'est-ce que c'est que ça ? demande Éléonore en essayant d'identifier les éléments qui sont disposés dans son assiette.

— On est dans la merde, constate Julien avec une certaine volupté.

— On dirait que ça vous fait plaisir !

— Ce n'est pas faux. Après une succession de déboires et de repas désastreux, faire un excellent dîner serait très déstabilisant. Là, au moins, on est dans notre bonne vieille spirale d'échecs à répétition et je trouve ça très rassurant.

Blasé, il commence à manger tranquillement. Les autres font de même, à l'exception d'Éléonore.

— Des échecs à répétition ? répète-t-elle en se tournant vers Géraldine. Ce n'est pas du tout ce que tu m'as raconté…

— Julien exagère un peu, proteste Géraldine, en réalité…

— Dites-moi Julien, poursuit Éléonore, vous trouvez vraiment l'échec rassurant ?

— Absolument. Simple question d'habitude.

Au grand soulagement de Laurent, le serveur empêche Éléonore de poursuivre son questionnaire en servant les entrecôtes. Un bref examen et une tentative de découpage permettent de voir que ce sont en fait des pièces de viande bourrées de gras et flambées au kérosène.

— C'est une honte, je vais demander à parler au patron ! déclare Éléonore en hélant le serveur.

Mais dès qu'il s'approche de leur table, Julien désamorce le scandale en lui déclarant :

— On mange divinement bien sur cette île !

Le serveur s'incline pompeusement et repart ravi. Laurent prend un fou rire et essaie d'expliquer à Éléonore que la veille, ils ont entrepris de faire une scène au patron d'un restaurant, et n'ont pas été très performants. Son hilarité gagne le reste de la table, faisant instantanément retomber le mécontentement général.

— Dites-moi Éléonore, reprend Julien, on a beaucoup parlé de moi, mais je ne sais rien de vous…

— Oh, répond-elle en essayant d'avoir l'air humble, il n'y a pas grand-chose à dire. J'ai passé ma vie à me consacrer aux hommes que j'ai aimés, et ils me l'ont bien mal rendu.

— Ne dis pas ça, tempère Géraldine, Xavier était très amoureux de toi…

— Mais c'était un malade ! rugit Éléonore. Il était complètement paranoïaque ; il se méfiait de tout le monde, même de moi !

— C'est-à-dire ? demande Laurent.

— Il refusait de me parler de ses affaires ! Et puis il planquait tout ! Même ses boîtes de Tic-tac, il les rangeait dans son coffre…

Éclat de rire général. Elle insiste :

— Je suis sérieuse !

— Bon, vous avez divorcé, oublie-le, lui dit Géraldine.

— D'autant plus qu'une belle femme comme vous n'aura aucun mal à refaire sa vie, la flatte Julien. D'ailleurs, je suis sûr que vous avez beaucoup de prétendants.

— Pas tant que ça… Et puis ce n'est pas facile de démarrer une histoire, surtout que je suis allergique au préservatif. C'est pénalisant.

Théo la dévisage, stupéfait d'entendre une femme bientôt grand-mère, autant dire une momie, évoquer sa vie sexuelle aussi naturellement. Il s'agite nerveusement sur sa chaise, cherchant désespérément à chasser de son esprit la vision d'Éléonore en pleins ébats, et victime d'une allergie dont il imagine les pires symptômes. Il demande soudain à Julien :

— Est-ce que c'est vrai que dans certains pays d'Afrique, un homme ne connaît sa femme qu'une fois qu'ils sont mariés ?

— C'est vrai ; pas seulement en Afrique d'ailleurs : c'est le cas dans tous les pays du monde. Et c'est réciproque !

Un petit flottement s'installe ; Théo se rend compte que son intervention n'est pas des plus heureuses, et son père fait diversion :

— Où est le serveur ? On va commander une autre bouteille de ce mauvais vin.

— Ah non, il est trop mauvais ! proteste Éléonore. Prenons plutôt autre chose…

— Tu ne comprends pas, lui explique Laurent patiemment. Il vaut mieux garder le même. Si on en essaie un autre, il sera forcément pire.

En la débouchant, le serveur, encouragé par les comcpliments de Julien, lui demande :

— Ça vous a plu ?

— Je ne sais pas, répond l'intéressé, je suis toujours en train de mâcher le premier morceau…

Décontenancé, le serveur débarrasse rapidement avant de revenir avec les cartes pour le dessert.

— Qu'est-ce que tu prends ? demande Laurent à Géraldine.

— Rien ; j'en ai assez vu…

— Ils ont un gâteau au chocolat, tu adores ça…

— Pas avec des framboises. Je déteste le mélange du chocolat et des fruits rouges ; je me demande pourquoi on le retrouve si souvent au menu des restaurants soi-disant raffinés.

— Mais chérie, comment peux-tu employer le mot « raffiné » ici ? s'insurge Éléonore. On est quand même dans un endroit qui sert une entrecôte avec un assortiment de pâtes, de riz et de frites !

— Gégé est une puriste ! s'esclaffe Laurent.

— Il t'appelle Gégé ? s'étonne Éléonore.

— Pas du tout : Lolo sait très bien que j'ai horreur de ça ! s'énerve Géraldine.

— Je vais prendre une crème brûlée, intervient Julien, j'ai hâte de voir comment ils vont s'y prendre pour la massacrer ; peut-être la faire griller avec le kérosène des entrecôtes…

À la grande satisfaction de Julien, les desserts sont désolants, et dès que les hommes se sont partagé une addition aussi indigeste que la nourriture, Théo demande à rentrer sans attendre car il a rendez-vous dans la boîte de nuit de l'hôtel avec les copains qu'il a rencontrés à la piscine.

— Quelle bonne idée ! s'exclame Éléonore. J'adore danser.

Très embarrassé, Théo bafouille un semblant d'objection, mais elle se lève d'un bond, sans lui laisser le temps de finir sa phrase.

— Ne t'inquiète pas, dit Laurent à son fils. On va juste prendre un verre et on te laisse avec tes potes.

À l'entrée de la discothèque, un panneau annonce fièrement : *Honolulu Night*. Tout le monde reçoit un collier de fleurs en plastique ; Laurent tente d'échapper au sien, mais il se le fait mettre de force par une vahiné grecque.

— Très bien, je le prends, je l'offrirai à Yannis ! décide-t-il aussitôt.

L'âge moyen est très nettement en dessous de vingt ans, et Théo se dépêche de fuir ses aînés pour se fondre avec les jeunes.

— C'est très gênant, on n'a rien à faire ici, constate Géraldine.

— Parle pour toi ; regarde Éléonore ! dit Laurent en la désignant. Tu devrais être contente : toi qui te plains toujours qu'on ne s'intègre pas !

Au milieu de la piste, Éléonore danse comme une folle, entourée d'une douzaine d'adolescents qui l'observent à la dérobée, sans parvenir à déterminer si la scène leur rappelle une comédie ou un film d'horreur.

— Attention quand même aux risques d'intégration excessive, objecte Julien. Il y a un stade où le sujet est tellement intégré qu'il risque de se désintégrer totalement…

— Vu son état, je pense que même sa propre mère aurait du mal à la reconnaître !

— Ça vous fait marrer, mais ce n'est pas drôle ! s'inquiète Géraldine. Quand elle a trop bu, elle est capable de faire n'importe quoi ! Entre l'apéro, le vin à table, et la vodka cul sec en arrivant, ça fait beaucoup… Je vais lui dire de venir s'asseoir.

Laurent et Julien prennent une table et s'installent de façon à être aux premières loges. À peine Géraldine s'est-elle approchée de son amie que celle-ci l'entraîne pour danser ; Géraldine se dégage de son étreinte et essaie de l'attirer hors de la piste. Peine perdue. Éléonore se trémousse de plus belle en chantant : « Gégé t'es pas drôle ! Reprends un coup de gnôle ! » Géraldine se débarrasse d'elle en lui conseillant de danser avec Julien. Éléonore se précipite alors sur lui, et lui tend une main qu'il baise avant de secouer négativement la tête. Elle insiste, puis se penche en avant pour essayer de le tirer de toutes ses forces hors de son fauteuil. Excédé, Julien résiste vigoureusement et la repousse fermement ; elle finit par lâcher prise et retourne sur la piste. Franchement amusée, Géraldine vient s'asseoir à côté de Julien.

— Si je comprends bien, une jolie femme te propose de danser et ça suffit pour que tu perdes ton flegme légendaire.

— Sans déconner, un geste de plus et je roulais une pelle à Laurent pour qu'elle arrête d'insister.

— Elle est bourrée ; il n'y a rien à faire, déplore Laurent. Attendons qu'elle se fatigue et on rentrera se coucher.

— Aucune envie de l'attendre toute la nuit, sans compter qu'il y a la baby-sitter à libérer ! lui rappelle sa femme.

— On ne va quand même pas la planter là toute seule…

Théo passe devant eux avec son groupe d'amis ; il fait comme s'il ne les connaissait pas, puis se retourne pour leur lancer discrètement un regard courroucé.

— Cinq minutes, promis ! articule Laurent à l'attention de son fils.

Un quart d'heure plus tard, Éléonore continue à se déchaîner sur la piste, Laurent tente de la convaincre de partir, mais il essuie à son tour un échec cuisant. Un compromis est trouvé avec Géraldine : elle monte se coucher ; Laurent et Julien restent encore une demi-heure puis ils repartiront, avec ou sans Éléonore.

La demi-heure s'écoule sans que cette dernière ait manifesté le moindre signe de fatigue ; au contraire, elle semble énormément apprécier son statut de nouvelle reine de la nuit hawaïenne. Les deux amis, qui ont des scrupules à la laisser, réussissent à la convaincre de les accompagner en négociant un dernier verre au bar.

Ils quittent la discothèque, au grand soulagement de Théo.

Dès qu'ils entrent dans le bar, Éléonore s'effondre dans un fauteuil.

— Je vais prendre un Moldavo, j'en buvais un tous les soirs à Nyssiros, avec ma copine Vanessa.

— Je croyais que tu étais partie seule, s'étonne Laurent.

— Oui, je l'ai rencontrée sur place.

— Je te reconnais bien là ! Tu pars seule, mais tu te trouves une copine pour picoler…

— Oh, on ne picolait pas : elle était avec ses enfants, des jumeaux adorables ! Alors on prenait juste un verre et elle…

— Quel âge, les jumeaux ? l'interrompt Julien.

— Huit ans, je crois. Pourquoi ?

— Simple curiosité. Ils s'appellent comment ?

— Décidément, vous êtes très curieux tout à coup ! Joseph et… attendez que je me souvienne… Ah oui : Lucas. Et vous, vous buvez quoi ?

Sans attendre leur réponse, elle hèle un serveur. Lorsqu'il s'approche, elle le dévisage de la tête aux pieds.

— Un pantalon de cuir ! Mais mon ami, à part sur Jim Morrisson, c'est inacceptable !

Elle glousse, puis se tourne vers Julien et Laurent.

— Alors, qu'est-ce que vous prenez ?

Julien ne répond pas.

— La même chose que toi, finit par répondre Laurent.

Éléonore passe la commande en minaudant ; lorsque le serveur a tourné les talons, elle fait part de ses impressions sur ses fesses à Julien et Laurent ; le premier reste silencieux, le second change de sujet dès que les cocktails sont servis.

— Et ton amie Vanessa, elle est rentrée à Paris ? demande-t-il à Éléonore.

— Non, elle reste encore quelques jours.

— Il s'appelait comment ton hôtel ?

Mais elle ne le regarde plus. Fascinée par un musicien qui joue du bouzouki au fond du bar, elle écoute la fin du morceau puis l'applaudit exagérément avant de l'interpeller.

— Hé, Jimmy Hendrix ! Viens me montrer ton banjo !

— Arrête tes conneries, ordonne Laurent.

— Comment on dit *Jeux interdits* en grec ?... *Can you play Forbidden Olympiades* ? crie-t-elle au musicien.

— On remonte, décide Laurent, tu as besoin de dormir.

— Mais pas du tout ! Je n'ai même pas fini mon Moldavo...

Laurent la prend fermement par le bras et quitte le bar, suivi par Julien, toujours plongé dans un profond mutisme.

Le lendemain, les adieux sont vite expédiés : Éléonore s'est réveillée en retard et pas tout à fait dans son assiette ; elle passe dire au revoir à ses amis qui prennent leur petit déjeuner, et file attraper son avion. De son côté, Julien n'apparaît que le temps de prendre un café et remonte dans sa chambre dès que l'heure du départ est fixée.

Le retour en voiture se fait dans un silence relatif. Frustré d'avoir déjà dû quitter ses copains, Théo ne décolle pas les écouteurs de ses oreilles et affiche une mine renfrognée. Les deux hommes ne sont guère plus bavards. Géraldine a questionné Laurent au sujet de la fin de la soirée, mais il s'est contenté d'en faire un maigre résumé. Elle interroge Julien, mais n'obtient de sa part qu'une réponse encore plus laconique :

— On a bu un verre et on l'a raccompagnée jusqu'à sa chambre.

Même Clara ajoute sa petite touche de mauvaise humeur : comprenant, à mesure que la voiture s'éloigne, qu'elle quitte Clowdzine et la piscine de l'hôtel pour retrouver la maison de Yannis et son ignoble camion de pompiers, elle cherche désespérément à se détacher de son siège bébé, et ne parvient qu'à se coincer un doigt dans la sangle. Elle manifeste alors son irritation par des braillements que certains touristes terrifiés n'hésitent pas à attribuer à l'éveil du volcan voisin.

Contrariée par l'atmosphère pesante qui règne dans la voiture, Géraldine tente de détendre les hommes en lançant quelques plaisanteries sur l'état d'ébriété d'Éléonore – pas de réaction. Ne ménageant pas ses efforts, elle va jusqu'à proposer à Julien de s'arrêter à la prochaine cabine téléphonique qui se présentera sur la route, mais ne récolte de sa part qu'un refus poli.

Laurent se gare devant un supermarché. La perspective de suivre sa belle-mère tandis qu'elle remplit frénétiquement un Caddie provoquant un soupir accablé de Théo, Julien sort de son mutisme pour lui proposer d'aller faire un tour avec lui pendant que Géraldine et Laurent feront les courses.

— Trop cool ! répond l'adolescent qui se déride instantanément.

De retour à la voiture, Géraldine constate qu'ils ne sont pas revenus, et manifeste son agacement par un soupir qui bat de loin tous ceux poussés par Théo depuis le début des vacances. Elle ouvre le coffre et entasse grossièrement les sacs de courses sur les bagages.

— Pas n'importe comment, voyons ! s'écrie Laurent. Ça va encore se…

— Ils ne sont pas là ! Ils avaient pourtant dit qu'ils seraient de retour dans la demi-heure…

— Ce n'est pas grave : on va les attendre à la terrasse du café en face.

— Et les produits frais ? S'ils tardent trop, tout va tourner !

— Attends… c'est bon : les voilà.

Géraldine tourne la tête et regarde Julien et Théo s'avancer vers eux. Le visage de ce dernier est littéralement radieux, et elle ne peut pas s'empêcher d'envier Julien, qui a, de toute évidence, nettement plus d'inspiration qu'elle quand il s'agit de venir à bout des bouderies de l'adolescent.

De retour à *Twin Peaks*, ils retrouvent un Yannis particulièrement en forme. Il vient d'accompagner Bachir au bureau du directeur des PTT locaux – un vieil ami – afin qu'il téléphone gratuitement au Soudan. Pour tromper l'attente pendant le coup de fil de Bachir, Yannis a distrait l'attention de son ami afin de lui voler le cendrier qui se trouvait sur son bureau. Celui-ci s'en est rendu compte et était absolument furieux, mais Yannis a nié et se réjouit de son larcin.

— C'est juste pour le plaisir. De toute façon, il ne fume pas.

Avec le même sens de la propriété, il s'invite chez les Français et leur demande de lui raconter leur escapade dans les moindres détails.

— Mais ne vous vexez pas si je m'endors, je suis un peu fatigué !

Géraldine suggère aux hommes de s'installer sur la terrasse et demande à Théo de l'aider à rapporter les paquets dans la cuisine.

— Vous avez parlé de quoi ? demande-t-elle à son beau-fils, une fois qu'ils sont seuls.

— Hein ?

— Avec Julien. Vous avez parlé de quoi ?

— J'sais pas moi ! De rien.

Moue dubitative de Géraldine.

— Comment ça, *rien* ! Vous avez bien parlé de quelque chose !

— On a bavardé de plein de trucs, mais en même temps, de rien en particulier.

Géraldine lutte de toutes ses forces pour ne pas se laisser gagner par le sentiment d'exclusion qui la gagne dès qu'il s'agit de Julien, que ce soit avec son mari ou Théo.

— T'as encore besoin de moi ?

— Non, c'est bon, merci.

Il sort rejoindre les autres.

Tandis qu'elle range les courses, Laurent entre dans la cuisine pour prendre des boissons et des verres.

— Il fait la gueule, Julien ? l'interroge-t-elle.

— Non, pourquoi ?

— Il n'a presque pas ouvert la bouche depuis qu'on est partis.

— Il est crevé, c'est tout.

Lorsqu'elle rejoint tout le monde dehors, les plans de la soirée sont déjà faits : pour fêter leurs retrouvailles, Yannis a proposé d'aller dîner dans le village de Pily ; il en profitera pour les emmener chez des amis qui possèdent une maison en pierres traditionnelles au milieu d'un grand jardin rempli d'oliviers.

— Et puis ils ont un petit garçon qui est très mignon, on va le présenter à ton fils, dit-il à Laurent.

— C'est gentil, mais il est sûrement trop jeune pour que Théo s'amuse avec lui…

— Non, le petit !

— C'est une fille ! rappelle Laurent, exaspéré.

— Ah oui, c'est vrai, désolé… Enfin leur garçon, c'est un vrai petit chérubin !

— Il a quel âge ? demande Géraldine.

— Trois ans. Ou peut-être six. En tout cas, moins de dix… Il est tellement pur et joli, chaque fois que je le vois, j'ai envie de le mettre dans un verre d'eau et de le boire.

Laurent se tasse dans sa chaise longue et jette un regard désespéré à sa femme.

— Il est encore temps de retourner à Psalidi… chuchote-t-il.

— Je ne pense pas que je vais pouvoir continuer à dormir chez Norman Bates, renchérit Julien.

— J'en reviens pas qu'Éléonore se tape encore des mecs… s'exclame Théo, songeur.

Géraldine, qui ne souhaite commenter aucune de ces réflexions, préfère se sauver ; elle se lève d'un bond et annonce qu'elle va prendre une douche. Seule dans la salle de bains, elle parvient à se détendre complètement, jusqu'au moment où la vue d'une araignée qui a tissé sa toile juste au-dessus de sa tête lui fait pousser un cri strident qui résonne jusqu'à la maison de Maria, manquant de peu de terrasser la vieille dame d'une crise cardiaque.

Au moment de partir, Yannis ordonne :

— On prend une seule voiture. Laurent, je vais te guider ! et il s'installe sur le siège passager de la Panda.

— On se dépêche, je suis très excité ! ajoute-t-il à l'attention de Julien, Géraldine, Théo et Clara qui s'entassent péniblement à l'arrière.

— Tu as prévenu tes amis de notre visite ? lui demande Laurent.

— Surtout pas : je veux leur faire la surprise. Je vous préviens : il va y avoir des effusions, parce que ça fait très longtemps qu'on ne s'est pas vus.

Yannis guide ses locataires jusqu'au sommet d'une montagne aux collines boisées, d'où surgissent çà et là des maisons blanches dont les murs disparaissent sous des cascades de fleurs. Sitôt la voiture garée, il s'éjecte du véhicule et se précipite chez ses amis Spiros et Chrysoula.

Pourtant, son arrivée ne provoque qu'un enthousiasme modéré. « Ils doivent bien le connaître », pense Julien. Le jeune couple, qui parle assez bien le français, accueille cependant les hôtes de Yannis avec beaucoup de grâce et de courtoisie, et les invite à prendre de l'ouzo et des jus de fruits dans leur jardin. Leur fils – un garçonnet en effet très mignon, mais qui en aucun cas ne tiendrait dans un verre d'eau – débarque dans le jardin, puis, comme il se doit, repart en courant à la vue de Clara.

Géraldine, Laurent et Julien prennent un grand plaisir à bavarder avec Spiros et Chrysoula ; leur discussion est par ailleurs aussi agréable qu'instructive, puisqu'elle leur permet de comprendre que Yannis n'a fait que les diriger vers les coins les plus touristiques de l'île, alors qu'elle est riche d'endroits magiques et peu connus des visiteurs. Au bout d'une heure, Laurent donne le signal du départ, soucieux de ne pas abuser de l'hospitalité du jeune couple.

— On va vous laisser ; j'ai repéré une très jolie taverne à l'entrée du village, avec des volets bleus, vous connaissez ?

— Oh oui, répond Chrysoula, c'est très bien ! On va souvent dîner là-bas.

Aussitôt, les autres se lèvent, excepté Yannis qui reste assis et déclare :

— C'est gentil d'insister pour qu'on reste !

Tout le monde s'embrasse et ignore sa remarque ; il est donc obligé de suivre le mouvement. Mais il s'arrête net alors qu'ils regagnent la Panda.

— Je suis très vexé qu'ils n'aient pas proposé de nous garder pour dîner ; je ne comprends pas !

— Mais enfin, proteste Géraldine, c'est tout à fait normal ! On est nombreux ; elle n'a sûrement pas ce qu'il faut pour inviter six personnes supplémentaires à la dernière minute !

— Moi, j'ai improvisé des fêtes pour beaucoup de monde quand j'étais plus jeune, déclare Yannis en adoptant une posture de diva outragée.

— Mais ils nous connaissent à peine, et ils ont peut-être juste envie de rester en famille suggère Laurent.

Yannis fait volte-face.

— J'y retourne ! Je vais aller les emmerder un peu, comme ça, ils me détesteront pour quelque chose.

Julien se précipite pour tenter de le faire changer d'avis, mais rien n'y fait.

— Je vous rejoins à la taverne ! lance Yannis avant de disparaître.

Le restaurant est tenu par un vieil homme édenté mais néanmoins affable, avec qui les Français échangent moult *Parakalo !* Suivant les conseils de Spiros et Chrysoula, les Français commandent de la purée d'aubergines, des beignets de courgettes, de la moussaka, et des brochettes d'agneau. Pour une fois, ils font un excellent repas, qui leur fait regretter encore davantage que Yannis soit retourné torturer ses adorables amis.

Il les rejoint quelques minutes plus tard, et se contente de proclamer :

— Mission accomplie : ils me détestent ! dit-il en posant un objet sur la table.

Horrifiés, les Français reconnaissent le très joli cendrier en onyx qu'a admiré Géraldine chez eux un peu plus tôt, et dont Chrysoula a précisé que c'était un souvenir de son père. Yannis a un bleu au coin de l'œil qu'il n'avait pas une heure plus tôt, mais personne n'ose lui demander d'où il provient, et il profite de l'accablement général pour passer sa commande.

— Je vous avais dit qu'on passerait une bonne soirée ! D'ailleurs, je dis toujours la vérité.

— C'est vrai, reconnaît Laurent, tu as tenu parole concernant les chocolats : on ne les a jamais revus.

À la fin du repas, Yannis demande l'addition, la remet le plus naturellement du monde à Laurent et quitte la table en disant :

— Allons-y ; j'ai très envie d'embrasser maman avant qu'elle se couche.

Julien plonge la tête dans ses mains.

Yannis propose de conduire sur le chemin du retour, et voyant que sa requête suscite un certain nombre d'objections, il prend d'autorité les clés des mains de Laurent. Pour gagner du temps, il emprunte une rue piétonne ; un policier surgit, l'interpelle et lui crie qu'il est interdit d'emprunter cette voie. Yannis répond quelques mots et démarre en trombe.

Stupéfait, le policier a tout juste le temps de faire un bond en arrière. Un sifflement strident retentit, mais la Panda est déjà loin.

— Qu'est-ce que tu lui as dit ? demande Laurent, admiratif.

— Que j'avais une bonne raison de passer par là. Il m'a demandé laquelle, et j'ai répondu : « Je te le dirai plus tard ! »

À l'arrière, les passagers rigolent et se cramponnent tandis qu'il hurle par la fenêtre baissée :

— J'arrive, maman !

Tout le monde est couché, sauf Laurent et Julien qui traînent sur la terrasse, confortablement installés dans les transats. Ils ne parlent pas ; seules quelques cigales insomniaques font encore entendre leur voix.

— *Apollo Resort*, dit enfin Laurent à voix basse. C'est le nom de l'hôtel où était Éléonore ; je lui ai demandé quand elle est venue nous dire au revoir.

— Merci. Je vais chercher le numéro ; avec un peu de chance, ils seront dans la chambre quand j'appellerai.

— Il y a peut-être mieux à faire…

— Quoi ?

— Aller là-bas.

— Tu déconnes ? Je ne peux pas débarquer comme ça, elle serait furieuse.

— Et alors ? C'est quand même une coïncidence incroyable : ils pourraient être n'importe où en vacances, mais ils sont là : sur l'île juste en face !

— J'adorerais… Tu le sais. Mais je ne pense pas que ce soit une bonne idée… Et puis y aller comment : en réservant une excursion, comme pour Pserimos ?

— Il n'est pas question qu'on remonte sur leurs bateaux de merde ! Écoute, j'ai réfléchi toute la journée. Géraldine a pris plein de brochures à l'hôtel, je les ai étudiées : pour Nyssiros, il faut partir de Kardamena ; il suffit d'aller sur la plage, de louer un catamaran, et on y est en un rien de temps.

— Qu'est-ce que tu racontes ? Tu as ton permis bateau ? Parce que tu te doutes bien que moi…

— Pas besoin de permis bateau pour un hobie cat ; j'en ai loué plusieurs fois. J'ai vérifié : il y a plusieurs hôtels à Kardamena qui en proposent, alors allons-y ! Je suis parfaitement capable de me démerder, je faisais beaucoup de voile quand j'étais jeune. Il y a une vieille boussole au milieu de tous les objets inutiles qui décorent notre maison. Je la prendrai, c'est la seule chose dont on ait besoin.

— Géraldine va préférer un bateau de croisière ; c'est plus confortable, surtout avec Clara…

— Clara ? Et pourquoi pas Norman Bates et sa mère ? Il n'est pas question d'emmener tout le monde, ça deviendrait une véritable expédition et ça nous retarderait ! On y va juste tous les deux.

— Ta femme ne sera jamais d'accord.

— C'est probable. Je vais donc me passer de sa bénédiction.

— Mais qu'est-ce qui t'arrive ? Elle va péter les plombs !

— Écoute, je ne suis pas un gamin, je n'ai pas besoin de son autorisation pour faire ce que je veux. En l'occurrence, il n'y a rien de mal à emmener mon meilleur ami voir ses enfants qu'il n'a pas vus depuis des semaines !

— Mais elle va t'en vouloir de partir sans même lui en parler.

— Je m'en fous ! Depuis qu'on est là, c'est elle qui décide tout. À Paris, c'est pareil ! D'ailleurs, elle me reproche souvent d'être trop passif. Il faut avouer qu'elle n'a pas tort, et que la plupart du temps, ça m'arrange. Mais là, c'est différent. Et c'est l'occasion rêvée de lui prouver que moi aussi, je suis capable de prendre des initiatives. Ne me dis pas que c'est un mauvais argument !

— C'est un mauvais argument.

— On est d'accord. Allons-y quand même.

Julien réfléchit quelques instants.

— Bon… Qu'est-ce tu proposes ?

— Qu'on y aille dès demain ! Éléonore a dit que Vanessa ne restait que quelques jours de plus qu'elle, ce serait trop con d'arriver après leur départ. On part tôt le matin ; tu passes quelques heures avec tes fils, et on rentre. On est de retour pour le dîner, et ces vacances de fous prennent enfin un sens.

— T'es sûr ? Je ne voudrais pas te causer de problèmes…

— Il n'y aura aucun problème. Je gère. Je te réveille à l'aube et on se tire. Prends juste ce qu'il te faut pour la journée dans un sac à dos.

Il fait grand jour quand Géraldine arrive sur la terrasse. Théo est attablé seul et prend son petit déjeuner.

— J'ai dormi comme une masse, avoue-t-elle.

— Moi aussi, j'étais mort.

— C'est vrai qu'on n'a pas arrêté depuis trois jours…

Elle jette un coup d'œil au toit déjà brûlant et soupire.

— À quoi tu penses ? lui demande Théo.

— J'ai rêvé de mon BlackBerry… Partout où j'allais, les messages arrivaient tout seuls ; je répondais immédiatement… le pied total.

— Faut que tu te fasses soigner…

— T'as pas vu ton père ?

— Non, je croyais qu'il dormait.

— Il a dû partir faire un jogging. Depuis qu'on est là, tous les soirs il m'annonce qu'il va en faire un le lendemain matin… Où tu vas ?

— Me recoucher ! Pour une fois qu'on n'est pas speedés…

La voix de Clara retentit, Géraldine va la chercher et profite d'un long moment paisible avec elle, jusqu'au moment où elle commence à s'inquiéter de ne pas voir son mari revenir. Elle tente de se rassurer : puisque Julien n'a toujours pas donné signe de vie, c'est qu'ils sont ensemble ; ils doivent se reposer à l'ombre en faisant des paris sur l'âge de l'olivier qui les abrite.

— On va s'habiller ! dit-elle à Clara.

Elles rentrent dans la maison et traversent le salon ; c'est alors que Géraldine remarque une feuille manuscrite posée sur la table basse.

Ma chérie,

Je suis parti pour la journée avec Julien, afin de l'aider à régler une affaire privée.

C'est trop long pour que je t'explique en quelques mots, et je préférerais qu'il le fasse lui-même, alors on en parlera tranquillement ce soir.

On sera de retour en fin de journée.

Surtout, ne t'inquiète pas !

Je t'aime.

L

— Maman ?… Tu viens ?…

Lasse d'attendre que sa mère ait fini de contempler un bout de papier qui ne comporte pas l'ombre d'un dessin, Clara tente de la tirer par la main.

— Maman ?…

— Attends chérie. Je réfléchis.

Géraldine se laisse tomber sur le canapé. Distinguant une autre écriture au verso du feuillet, elle le retourne ; c'est celui sur lequel Yannis avait écrit son message : « Pas la peine de fouiller, y a rien ici ! »

Elle jette un œil à la commode, le petit coffre en bois est ouvert ; dans sa précipitation, Laurent n'a même pas pris la peine de le refermer. Géraldine reste immobile, incapable de prononcer un mot.

— Il s'est produit un événement fâcheux, se dit Clara, qui a un sens de l'observation très développé pour son âge, l'expression à la fois abasourdie et très en colère de sa mère lui signifiant qu'elle va avoir besoin de renforts, elle va chercher son grand frère.

— Maman pas contente, annonce-t-elle à Théo, déplorant intérieurement que son langage ne soit pas aussi articulé que sa pensée.

Bien qu'il n'ait qu'une envie, rester couché jusqu'à ce que mort s'ensuive, Théo consent à se lever et à suivre sa sœur. Apercevant sa belle-mère prostrée dans le canapé, il lui prend la feuille des mains et la lit.

— Pas cool ! commente-t-il sobrement.

— Pas cool ? C'est… tout simplement incroyable, tu veux dire !

— Ça va, je comprends que ça te foute les boules, mais il est parti pour la journée, pas pour la vie.

— Mais pourquoi il ne m'a pas prévenue ?

— Il te l'a dit : trop long à expliquer.

— Quel connard, ce Julien !

— Arrête, t'exagères !

Elle se précipite sur son téléphone portable, et appelle Laurent.

— Messagerie… annonce-t-elle, dépitée.

— Tu rappelleras.

— Je n'en reviens pas, je suis minée.

— Bon, O.K., ils sont partis, ce n'est pas une raison pour passer toute la journée à se lamenter !

— Je n'ai pas envie de me lamenter, j'ai envie de les tuer tous les deux.

— Tu les tueras ce soir. En attendant, puisque je suis réveillé pour de bon, je propose qu'on aille à la plage.

Séduite par l'attitude soudain conquérante de Théo – se pourrait-il qu'il s'inspire un peu d'elle ? – elle obtempère.

— Tu as raison. Allons nous préparer.

Vingt minutes plus tard, Géraldine referme la porte de la maison avec un certain sentiment de satisfaction. Ne pas se laisser abattre, ne pas devenir une victime.

Encombrée par les serviettes et les sacs de plage, elle emboîte péniblement le pas à son beau-fils, qui s'est chargé du parasol et de la glacière. Clara participe à l'effort de guerre en portant sa poupée, son seau et sa pelle. En digne héritière du sens pratique de sa mère, elle n'a pas pris la peine de s'encombrer du râteau, dont le manque d'intérêt lui a toujours paru évident.

Théo s'arrête net en haut du chemin et lâche son fardeau.

Pas de Panda.

— Je vais vraiment les tuer ! s'exclame Géraldine, une fois revenue de sa surprise.

— On est vraiment des cons, constate Théo. On aurait dû y penser : où voulais-tu qu'ils aillent sans voiture ?

— Justement : et nous ? Ils ont prévu qu'on ferait comment ?

— Franchement, Géraldine, je crois qu'ils n'ont rien prévu du tout. À mon avis, ils n'y ont pas du tout pensé !

— Et ça te fait marrer ? demande Géraldine, ulcérée.

— Non, je trouve ça hyper relou ! Mais quand je vois comment tu t'énerves, je me dis qu'il vaut mieux que je reste calme.

— C'est normal que je m'énerve, ça me rend dingue de voir à quel point ils sont égoïstes alors que moi, je passe mon temps à m'occuper de tout pour tout le monde ! L'organisation, les courses, la bouffe, la vaisselle… je fais tout !

— Tu fais tout parce que t'aimes ça ! Tu dis toujours que quand tu ne fais rien, tu t'emmerdes !

— Ce n'est pas une raison ! Et j'estime qu'avec tout le mal que je me donne pour servir les autres, je devrais avoir droit à un minimum de reconnaissance.

— Tu ne sers pas les autres, tu cherches à les contrôler, c'est pas du tout pareil. Et ça fait chier tout le monde ! D'ailleurs, c'est sûrement pas un hasard si ta fille s'est barrée pour faire ses études au bout du monde !

Une gifle retentit.

Aussitôt, Géraldine regrette son geste. Trop tard.

Théo tourne les talons, rentre dans la maison et claque fortement la porte derrière lui.

Yannis apparaît sur sa terrasse.

— Excuse-moi, j'ai tout entendu. Enfin… pas assez. Allez, entre, koukla, tu vas tout me raconter.

Un peu sonnée, Géraldine pose les affaires de plage par terre et se dirige vers la maison de Yannis.

— Je vais te servir une limonade, dit-il, pour la petite aussi.

Clara, qui allie des dons de diplomate à sa grande sagacité, choisit de se tenir tranquille ; elle suit sa mère en silence et va jouer à la poupée dans un fauteuil.

— Je ne sais pas ce qui m'a pris, balbutie Géraldine, je n'ai quasiment jamais levé la main sur ma fille.

— Maman aussi, elle m'a donné quelques gifles quand j'avais l'âge de Théo ! la rassure Yannis. C'est rien, juste une dispute de famille.

— Non, c'est plus grave que ça…

— Commence par le début : ils sont partis où, Laurent et Julien ?

— Je n'en ai pas la moindre idée.

Elle explique la lettre, le portable de Laurent éteint, et conclut :

— Je me mets en quatre pour faire plaisir à tout le monde, et à l'arrivée, y en a deux qui se barrent en douce et un troisième qui m'insulte ! J'ai tout fait pour me faire accepter par Théo depuis que je le connais, et on n'a jamais eu de problème… Il me balance des vannes dès qu'il en a l'occasion, mais bon, c'est de son âge, et je croyais qu'il m'aimait bien. D'ailleurs, il ne m'avait jamais parlé comme ça…

— Qu'est-ce que tu veux : même Dieu a eu un fils qui a emmerdé des tas de gens. D'ailleurs, il a très mal fini !

Leur discussion est interrompue par l'arrivée de Maria et Olga. Yannis se lève aussitôt pour aller longuement embrasser sa mère. Pendant que des bises excessivement sonores retentissent, Clara se précipite vers Olga en criant *Pajalsta*, et l'Ukrainienne sort aussitôt un paquet de bonbons de sa poche magique.

La petite fille se cale dans le canapé avec Olga pour déguster ses friandises tout à son aise, et Yannis revient s'asseoir avec Géraldine.

— Tout ça, c'est normal, résume-t-il, philosophe, les hommes ont besoin de liberté et de faire des bêtises ! Moi, je crois que la liberté, c'est dans la tête, mais c'est parce que j'ai rencontré Makadjani ; sinon…

Il est interrompu par les cris de sa mère, qui profitant de l'inattention momentanée de sa garde-malade, s'est emparée de la Barbie de Clara, l'a décapitée, et a introduit son doigt dans sa tête. Étant donné l'exiguïté de l'orifice, le doigt en question – son auriculaire gauche – s'y est malencontreusement coincé, plongeant la vieille dame dans un état de panique absolue. Les beuglements de Yannis ne lui sont d'aucun secours ; ses tentatives de retirer de force le doigt de sa mère de la tête de la poupée ne font qu'accentuer sa détresse, et c'est seulement l'intervention calme et méthodique d'Olga qui permet de sortir de cette situation de crise.

Sidérée, Géraldine s'est contentée d'observer la scène ; elle a néanmoins eu la présence d'esprit de profiter du chaos général pour dissimuler le reste du paquet de bonbons sous un coussin.

Lorsque l'ordre est revenu, Géraldine demande à Yannis s'il peut lui prêter sa Jeep afin qu'elle emmène ses enfants à la plage.

— Désolé, koukla, j'ai rendez-vous pour maman, elle doit passer des examens à l'hôpital. C'est à l'autre bout de l'île, à côté de Psalidi, mais je peux vous déposer en chemin, et passer vous chercher au retour. C'est juste que je ne sais pas combien de temps ça prendra.

— Non, ça ne fait rien, on va rester là tranquillement, répond Géraldine essuyant la sueur qui perle sur son front à la perspective d'être lâchée sur une plage pour une durée indéterminée. Ne t'inquiète pas pour nous.

Elle prend sa fille dans les bras et la ramène dans leur maison.

Un rapide coup d'œil à sa montre suffit à lui déclencher une autre bouffée de chaleur : il est 9 h 30.

La journée va être longue.

Debout sur la plage devant le catamaran qu'ils ont loué pour la journée, Laurent et Julien sont affublés du gilet de sauvetage orange fluo de circonstance. Laurent relit la feuille qu'il a arrachée d'un guide de Géraldine, et regarde la boussole qu'il a prise chez Yannis.

— C'est simple, tout est indiqué : « Pour Nyssiros, cap sud-est jusqu'à la pointe de l'île, puis cap sud-ouest. Par temps clair, vous aurez déjà Nyssiros en vue et vous atteindrez le petit port de Pali, situé au nord-est de l'île. »

— C'est vraiment pas grand comme bateau, observe Julien, perplexe. T'es sûr que ça suffira pour faire la traversée ?

— Largement ! D'ailleurs, je te rappelle qu'il y a quelques années, une fille a traversé l'Atlantique à la rame, dans un bateau qui faisait la moitié de celui-là !

— Encore une qui doit vraiment aimer souffrir… On fait quoi maintenant ?

— On fout le bateau à l'eau et tu montes ! Je vais le pousser sur quelques mètres avant de te rejoindre.

Julien grimpe sur le hobie cat et s'assied sur le trampoline, Laurent lui tend leurs sacs à dos, puis, comme convenu, pousse le catamaran jusqu'à ce qu'il ait de l'eau à la taille, et se hisse à bord.

La mer est calme, il y a peu d'activités à cette heure matinale, et Laurent effectue les premières manœuvres avec une parfaite maîtrise.

— Tu vois, c'est pas sorcier ! La seule chose que tu auras à faire, c'est prendre ma place quand on changera de cap, pour que je sois du bon côté de la voile.

— À ton avis, on y est dans combien de temps ?

— Je sais pas ; deux heures, peut-être moins : si le vent se lève, on pourra prendre un peu plus de vitesse…

Conformément aux instructions du guide, Laurent longe la côte, puis change de cap une fois que le catamaran a atteint la pointe sud de l'île. Les côtes de Nyssiros ne tardent pas à se dessiner au loin ; encore une ligne droite et l'objectif sera atteint.

Le vent se lève et le catamaran prend de la vitesse, occasionnant des vagues qui éclaboussent les deux amis, qui n'y prêtent guère attention. En se rapprochant de la côte, ils croisent de plus en plus d'embarcations : des bateaux de plaisance semblables à celui qu'ils ont emprunté deux jours plus tôt, mais aussi des petits voiliers loués par des touristes qui ne sont pas forcément des navigateurs avisés, et la traversée devient un peu plus agitée.

— On accoste à quel endroit ? demande soudain Julien.

— Euh… J'avoue que je n'y ai pas pensé, répond Laurent. De toute façon, l'île est minuscule, on va se mettre sur la première plage que l'on trouvera, et si leur hôtel est loin, on prendra un taxi.

À peine a-t-il achevé sa phrase qu'un scooter des mers surgit à vive allure et leur coupe la route. Il provoque une énorme vague suivie d'un creux de plus d'un mètre ; en moins d'une seconde, les sacs à dos tombent dans la mer.

— J'y vais ! s'écrie Julien.

— Attends !

Laurent relâche la grand voile, et manœuvre pour immobiliser le bateau. Dès qu'il est stabilisé, Julien se jette à l'eau. Les sacs sont déjà en train de couler. Julien nage le plus vite possible dans leur direction et tente d'aller sous l'eau, mais son gilet de sauvetage le retient à la surface. Il l'enlève et plonge. Resté seul à bord, Laurent attend, pétrifié. Enfin, Julien ressort de l'eau, haletant et bredouille.

Il fait une autre tentative, qui se solde par un échec.

Laurent l'aide à remonter à bord et le laisse reprendre son souffle. Mortifiés, les deux amis évitent de se regarder. Chacun énumère dans sa tête le contenu de son sac : vêtements, cartes de crédit, argent, passeport. Laurent ajoute à cette liste son téléphone portable et les clés de la Panda.

— On est dans la merde, dit enfin Julien.

C'est la première fois qu'il fait ce genre de constat sans l'accompagner de son sourire coutumier, ce qui accable encore davantage Laurent. Se sentant à la fois humilié et coupable de ne pas avoir su mener son ami à bon port, il réfléchit longuement avant de lui répondre.

— J'ai beau chercher, je ne crois pas avoir déjà été dans une merde pareille. Mais un jour, ça nous fera marrer, dit-il d'un ton qui se veut rassurant. En attendant, on est tellement près de Nyssiros que ça n'aurait aucun sens de faire demi-tour. Allons-y ; et pendant que tu seras avec tes enfants, je me chargerai des problèmes matériels. Au pire, Vanessa nous dépannera.

À la façon dont Julien hoche la tête, Laurent devine que son ami en doute. Perdu dans ses pensées, Julien remet machinalement son gilet de sauvetage mouillé.

— À quoi tu penses ? lui demande enfin Laurent.

— Au film *Plein soleil.* Je me demandais comment Ronet tue Delon.

— C'est pas Ronet qui tue Delon, c'est l'inverse.

— Ah ouais ?… Pour quelle raison, déjà ?

— Je ne sais plus… J'ai un vague souvenir d'une sombre histoire de sac à dos tombé du bateau.

— Excellent mobile ! s'exclame Julien qui retrouve peu à peu le sourire. J'espère qu'il meurt dans de grandes souffrances.

— Atroces ! conclut Laurent.

Géraldine rentre dans la maison, installe Clara sur le tapis du salon avec les quelques jouets dont elle dispose, et va frapper à la porte évidemment fermée de son beau-fils.

— C'est moi Théo, je suis désolée.

Silence.

— J'étais encore sous le choc, et tu as été très insolent ; j'ai craqué. Il faut me comprendre... Ou du moins me pardonner. Je n'aurais jamais dû lever la main sur toi, je ne sais pas ce qui m'a pris. Ça n'arrivera plus jamais, c'est promis.

Toujours pas de réponse.

Adossée à la porte, elle se remémore soudain la chanson qu'elle chantait à sa fille quand elle était petite et qu'elle se fâchait. C'est Émilie qui la lui avait apprise et lui avait conseillé de lui chanter, un jour où Géraldine se plaignait qu'une fois qu'elle commençait à bouder, il n'y avait plus moyen de l'arrêter. Tout en sachant pertinemment qu'il n'y a que peu de chances que ce petit air attendrisse Théo, elle s'approche de la porte et chante doucement :

— C'est pas beau d'bouder doudou, c'est pas beau !

Elle attend un peu, chante une nouvelle fois la mélodie.

Naturellement, la porte reste close.

Abattue, Géraldine se laisse glisser le long du mur.

Elle rédige mentalement plusieurs mots d'excuses, envisage toutes sortes de stratégies pour le faire sortir de sa chambre, mais elle se doute bien que ce ne sera pas si simple ; Théo va lui faire payer cher son geste inconsidéré. Comment va réagir Laurent ? Et puis Théo ne va sûrement pas se priver d'aller se plaindre auprès de sa propre mère, et rien qu'en imaginant la scène et ses conséquences, Géraldine est à nouveau victime d'une bouffée d'angoisse.

Toujours assise par terre, elle repense soudain à son adolescence, à la façon dont elle-même se sentait seule au monde, incomprise de ses parents qu'elle jugeait sans indulgence. Un sourire lui vient aux lèvres tandis que se bousculent les souvenirs de cette époque aux convictions inaltérables, aux ferveurs sans nuances. Le refrain provocateur d'une chanson des années soixante lui revient ; elle l'écoutait en boucle en hurlant les paroles devant ses parents, prenant un plaisir fou à observer à la dérobée leur expression soucieuse tandis qu'ils la dévisageaient. Un spectacle qui les déroutait d'autant plus qu'ils ne parvenaient pas à comprendre comment leur fille, d'ordinaire si studieuse, pouvait se laisser aller à de tels excès en écoutant de la musique qu'ils considéraient comme du bruit, même quand ils avaient son âge.

Soudain, mue par un élan irrésistible, elle se lève d'un bond et se met à fredonner l'entêtant chorus de guitare de la chanson. Au fil des notes, sa voix se renforce, et elle finit par scander le refrain, tout en faisant des bonds dans la pièce :

— *Now I wa-nna be your dog ! Now I wa-nna be your dog ! Now I wa-nna be your dog !*

Elle entonne le couplet par une série de « na na na na, na na na ! », car elle a oublié les paroles depuis longtemps, et poursuit ses onomatopées avec enthousiasme, avant de hurler la seule phrase du refrain à tue-tête, et de conclure par un dernier « *Now, I wa-nna be your dog !* » bien sonné.

La porte de Théo s'entrebâille ; il y passe la tête et la regarde avec curiosité. De l'autre bout du salon retentissent les vigoureux applaudissements de Clara.

— C'est bon, je sors, annonce Théo. Mais uniquement pour voir à quoi tu ressembles quand tu pètes les plombs.

— Trop tard, j'en peux plus ! murmure Géraldine, à bout de souffle en allant se jeter sur le canapé.

— T'es pire que folle, lui dit-il, non sans une certaine considération. Elle est de qui, ta chanson ?

— Iggy Pop. C'était mon chanteur préféré quand j'étais ado. Un des mecs à l'origine du punk. C'était autre chose que ton Mika quand il chante *Love today* !

— T'étais punk, toi ? se moque Théo. J'y crois pas une seconde ! À mon avis, t'étais première de la classe et t'as passé le bac en jupe plissée !

Théo la rejoint et s'avachit près d'elle dans le canapé.

— C'est pas faux, concède Géraldine. Pour la place de première, pas pour la jupe ! s'empresse-t-elle de préciser.

Géraldine remarque alors qu'il porte le tee-shirt que Laurent lui a acheté à Psalidi, et, apercevant une étiquette accrochée à la manche, elle se relève pour aller chercher une paire de ciseaux.

— Bouge pas, je vais couper l'éti…

— Non ! répond-il fermement. Je la garde.

« Quel con », se dit Géraldine en jetant les ciseaux sur la table basse. Clara les ramasse et va les ranger, tout en se demandant ce qu'on attend pour interdire le libre usage des objets tranchants aux adultes.

Certes, il n'échappe pas à Géraldine qu'aussi longtemps que pour son beau-fils, l'acte de rébellion ultime consistera à porter un tee-shirt neuf avec une étiquette, cela relèvera du phénomène contrôlable, mais tout de même.

Elle préfère ne pas relever, s'estimant déjà heureuse d'avoir effectué l'opération « réconciliation » en un temps record. Elle rejoint Théo sur le canapé et lui fait un gros baiser sur la joue. Elle aurait bien prolongé un peu leur étreinte, mais il n'est pas son fils ; elle n'insiste donc pas et se concentre sur l'étape suivante : trouver comment s'occuper durant cette fichue journée.

Théo finit par rompre le silence.

— On fait quoi ?

— Je réfléchis. Je cherche une activité qui pourrait convenir à tout le monde.

— C'est pas gagné ! Parce que là, tout de suite, je n'ai pas très envie de jouer à la dînette…

— Il y a des jeux de société dans l'armoire.

— J'ai vu : un Monopoly en grec ! Remarque, tu serais bien capable de vouloir y jouer quand même, juste histoire de voir si on arrive à déchiffrer leur alphabet…

— T'as raison, c'est pas une mauvaise idée… Mais là, je te rassure, j'ai pas le courage… On pourrait sortir faire une promenade et découvrir les alentours…

— Il fait 40 °C !

— Bon, on ira vers 5 heures, quand la chaleur sera retombée.

— C'est dans sept heures. D'ici là, tu proposes quoi ?

Théo accorde généreusement cinq minutes de réflexion à sa belle-mère, puis se lève nonchalamment.

— Je vais me recoucher.

Géraldine cherche en vain une bonne raison de le retenir et n'en trouvant aucune, le laisse partir. Du salon, elle le regarde se laisser tomber sur son lit, mettre ses écouteurs et adopter une position parfaitement immobile, à l'exception d'un léger battement de pied qui rythme la musique qu'il écoute.

Restée seule avec Clara, elle joue bravement à la poupée avec elle durant une heure, et au premier bâillement de sa fille, l'emmène dans son lit.

— Maman aussi va faire une petite sieste, lui dit-elle en la couchant.

Elle rentre dans sa chambre, tire les rideaux et s'allonge à son tour. Dans la semi-obscurité et le silence de la pièce, Laurent lui manque soudain cruellement. Elle passe en revue les moments où ils ont fait l'amour depuis leur arrivée. Elle a beau chercher, mais ne parvient pas à se remémorer quoi que ce soit de particulier. Il faut dire qu'il y en avait toujours un des deux épuisé. Et les chambres des enfants étaient vraiment tout près. Sans compter la menace d'un débarquement de Mme Bates.

Tu parles de vacances torrides. En repensant aux nuits ardentes dont elle avait rêvé, un profond désarroi mêlé à un immense sentiment de gâchis s'empare de Géraldine. Elle jette un œil au réveil : 11 h 20. Elle attrape son téléphone, et rappelle Laurent ; il est toujours sur messagerie.

— Quel cauchemar, se dit-elle.

Laurent contourne Nyssiros, jusqu'au moment où il trouve une plage lui permettant d'accoster. Il saute lestement à l'eau quand il ne reste plus qu'une cinquantaine de centimètres de profondeur, et tire le hobie cat sur le sable. Julien le suit, et l'aide à éloigner le bateau de la mer.

— Voilà, on y est ; c'est la plage de Pali, commente Laurent en désignant un panneau. Il ne reste plus qu'à se renseigner pour savoir où se trouve l'*Apollo Resort*.

— Et le bateau ? lui demande Julien. On le laisse comme ça ? Y a pas un genre... d'antivol à mettre quand on le laisse tout seul ?

— Je n'y avais pas pensé, reconnaît Laurent. Non, il n'y a rien. Je suppose qu'on n'est pas franchement censé le laisser... Enfin, ne t'inquiète pas, on va déjà se renseigner pour l'hôtel ; si c'est à côté, je resterai t'attendre sagement ici, comme ça, je surveillerai le bateau...

— Et je serai seul à me faire démolir par Vanessa, poursuit Julien en souriant.

— Ah non ! Pas question ! Bon, disons que je t'accompagne, je gère Vanessa pendant que tu t'occupes de Joseph et Lucas, et je reviens ici dès que possible. Allons-y !

Les deux hommes demandent à quelques touristes où se trouve l'*Apollo Resort*, mais aucun d'eux ne connaît cet hôtel. Ils se dirigent alors vers la buvette la plus proche. Elle est tenue par un vieillard qui ne possède que quelques rudiments d'anglais, et leur explique à grands renforts de gestes que l'hôtel est situé plus loin, du côté du village de Loutra.

— Loin, c'est-à-dire ? s'inquiète Laurent.

Mais le vieil homme se contente de tendre le bras avec insistance en indiquant un point lointain sur la côte. Les deux amis se dévisagent mutuellement de la tête aux pieds, découragés par la perspective de devoir traverser une partie de l'île pieds nus et en maillot de bain.

— Je propose qu'on longe la plage le plus longtemps possible, dit Laurent.

— Le plus longtemps possible, ça devrait durer… dix minutes. Ensuite, à nous les trottoirs brûlants ! Franchement, je crois que c'est mieux que tu restes là, répond Julien en commençant à marcher. Je vais me démerder.

— Pas question que je te lâche maintenant, rétorque Laurent en lui emboîtant le pas. Surtout que, comme tu le dis si bien : on est dans la merde !

Trois cents mètres plus loin, la plage prend fin, et comme l'avaient observé les deux hommes lorsque leur catamaran longeait la côte, elle n'est pas prolongée par une autre plage, mais par une route goudronnée. Ils commencent donc à marcher sur le bitume brûlant.

Laurent lève le pouce dans l'espoir qu'une voiture les prendra à son bord, mais il faut croire que les deux hommes qui sautillent sur le sol embrasé n'inspirent guère confiance, car personne ne s'arrête. Soucieux d'économiser leur salive et leurs forces, Laurent et Julien échangent à peine quelques mots en chemin.

— Je meurs de soif, gémit Laurent une demi-heure plus tard.

— M'en parle pas, c'est une horreur ! souffle Julien.

— C'est quoi la fumée qu'on voit là-bas ? Manquerait plus que le volcan se réveille maintenant…

— T'inquiète ; je crois qu'il y a de la vapeur qui sort en permanence.

— Comme s'il ne faisait pas déjà assez chaud ! gémit Laurent.

Les deux hommes à la démarche étrange arrivent finalement à Loutra, et ne tardent pas à apercevoir l'enseigne de l'*Apollo Resort*.

Ils regagnent la plage afin d'accéder directement à l'hôtel sans passer par la réception. Après avoir rafraîchi leurs pieds bouillants dans la mer, ils procèdent à une rapide inspection qui leur permet de voir que Vanessa et les jumeaux n'y sont pas. C'est alors que Julien aperçoit un panneau indiquant le mini-club ; il s'y dirige avec Laurent, et ne tarde pas à apercevoir ses fils qui finissent de déjeuner avec d'autres enfants.

Il se précipite vers eux, avant de ralentir le pas, se demandant soudain quelle attitude adopter.

Laurent l'a suivi de près ; il comprend ce qui se passe dans la tête de son ami et n'intervient pas.

L'un des enfants, Lucas, lève la tête et aperçoit son père qui, trop ému pour pouvoir dire un mot, se contente de lui sourire. Lucas le regarde, stupéfait. Au bout de quelques secondes interminables pour Julien, l'expression de son fils passe de la stupeur à la joie.

Rassuré, Julien se baisse, ouvre tout grands les bras, et le petit garçon s'y précipite.

Joseph suit son frère des yeux. Tout comme lui, il lui faut un instant pour se remettre du choc que lui cause l'apparition de son père, puis il court se joindre à eux.

Discrètement, Laurent s'éloigne un peu.

Lorsque Julien se redresse, l'animatrice du mini-club se tient à quelques mètres de lui et les observe. Il vient à sa rencontre, lui tend la main et se présente.

— Où est maman ? demande-t-il à ses fils.

— Elle visite un monastère, répond Joseph.

— *Yes, Panaghia Kyra Monastery*, confirme l'animatrice. *She comes back around 4 o'clock.*

— Tu nous emmènes à la plage ? demande Lucas.

À son tour, Julien regarde la jeune femme d'un air interrogateur.

— *Sure*, dit-elle, *I'll tell your wife*.

Julien cherche son ami des yeux et lui fait signe de les rejoindre. Tandis qu'ils retournent sur la plage, il lui raconte ce que lui a dit l'animatrice. Ravi, Laurent chuchote :

— C'est génial, ça ne pouvait pas mieux tomber ! Voilà ce que je te propose : puisque Vanessa n'est pas là, je vais retourner au catamaran histoire de garder l'œil dessus. Tu n'auras qu'à ramener les garçons au mini-club vers 3 heures, pour être sûr de ne pas croiser Vanessa, et tu me rejoins au bateau.

Julien acquiesce. Sur la plage, Laurent salue les enfants et repart ; il marche le plus longtemps possible les pieds dans l'eau, souffrant déjà à l'idée de refaire la marche sur le sol brûlant dans le sens inverse.

Julien emmène ses fils se baigner et enchaîne les jeux avec eux.

— On fait la course ? propose Lucas.

Julien regarde sa montre : il est à peine 2 heures ; tout va bien. Il se met sur la ligne de départ imaginaire, nage en laissant ses fils prendre de l'avance, puis il ralentit encore en percevant un mouvement d'agitation en provenance de l'hôtel. Il se met debout, inquiet, et se fige lorsqu'il aperçoit son ex-femme courant vers la plage, suivie de près par l'animatrice qui a l'air affolée.

Vanessa les repère, et fonce droit sur eux. Julien appelle ses enfants, et sort rapidement de l'eau, en tenant les jumeaux par la main. Dès que Vanessa les rejoint, elle saisit le bras de ses fils et les attire fermement contre elle.

Les enfants sont livides, Julien aussi.

— Qu'est-ce que tu fous là ? crie-t-elle.

— C'est un pur hasard, dit-il en essayant de rester calme, je suis en vacances à Kos…

— Un *pur hasard* ! Tu te fous de ma gueule ?

— Pas du tout, laisse-moi finir. Je suis à Kos, avec Laurent, et j'ai rencontré une amie à toi, Éléonore ; elle…

— Hein ! Mais comment ?

— C'est une amie de Géraldine, la femme de Laurent. Elle nous a raconté son séjour ici, et…

— … et pour la suite, c'est mon idée ! intervient Laurent qui arrive lui-même en courant. C'est moi qui ai convaincu Julien de venir passer quelques heures ici pour voir les garçons.

Estimant qu'on ne va plus rien lui demander et qu'elle ferait mieux de se faire oublier, l'animatrice du mini-club repart sur la pointe des pieds.

— Sans m'avertir ? glapit Vanessa, hors d'elle.

— T'avertir ? s'emporte Julien, tu ne réponds jamais au téléphone !

— Mon portable ne passe pas ici.

— Ah bon ? Il passait quand tu as appelé Éléonore pour lui souhaiter un bon voyage.

— Il ne passe pas partout ! Et durant la journée, je le laisse dans la chambre ! De toute manière, je n'ai pas à me justifier. Va-t'en ! Tu n'as rien à faire ici.

— Je ne serais pas ici si je pouvais voir mes enfants librement. Je ne serais pas ici si tu faisais un minimum d'efforts pour me permettre de leur parler régulièrement.

Joseph fond en larmes, bientôt suivi par son frère.

— Ce n'est ni le lieu, ni l'endroit pour avoir ce genre de discussion, répond Vanessa en baissant la voix. On en parlera à Paris. Maintenant, prenez vos affaires et allez-vous-en.

C'est à ce moment-là que Julien prend conscience de l'incongruité de la présence de Laurent.

— Tu ne devais pas m'attendre au bateau ?

— Y a plus de bateau.

— Hein ? Qu'est-ce que tu racontes ?

— Il n'est plus là. Je crois qu'on l'a volé.

— Quel bateau ? De quoi parlez-vous ? demande Vanessa.

— On a loué un catamaran pour venir de Kos, explique Laurent. On l'a laissé sur la plage où on a accosté pour venir ici ; j'y suis retourné pour attendre Julien, mais le bateau a disparu.

— Vous êtes venus en catamaran ? répète Vanessa, stupéfaite. Pourquoi vous n'avez pas débarqué ici ?

— On ne savait pas où était l'hôtel, répond Laurent, penaud.

— Tu plaisantes ? Vous vous pointez ici, vous débarquez n'importe où et vous laissez le bateau sur la plage ?

Elle se tourne vers son ex-mari.

— Décidément, tu ne changeras jamais !

— Je te jure qu'il n'y est pour rien, insiste Laurent, je suis entièrement responsable.

— Responsable ? Comment peux-tu employer ce mot, alors que vous êtes tous les deux aussi irresponsables l'un que l'autre ! Maintenant, prenez vos affaires ; vous n'aurez qu'à rentrer par un des bateaux de tourisme qui vont à Kos.

Les deux hommes restent immobiles et se regardent, totalement accablés.

— Quoi encore ? s'impatiente Vanessa. Pourquoi vous faites cette tête ? Où sont vos affaires ?

— Je vais tout t'expliquer, soupire Laurent.

Vanessa n'en revient pas. Sa colère est un peu retombée, pour laisser la place à l'effarement qui la saisit à l'écoute du récit de Laurent.

— J'hallucine, finit-elle par marmonner. C'est tout simplement incroyable. Vous allez faire comment ?

— Comme si la situation n'était pas suffisamment humiliante, je vais devoir te demander de nous prêter un peu d'argent pour payer le retour en bateau, répond Julien.

— Je n'ai plus d'argent ! s'exclame Vanessa. Il n'y a pas de distributeur sur cette île, j'en ai cherché un en vain tout à l'heure ! Figurez-vous qu'il n'y a même pas de banque ! Ça semble dingue, mais c'est vrai. Je ne le savais pas et j'ai tout dépensé en sortant avec les enfants.

Devant l'incrédulité des deux hommes, elle ajoute :

— Demandez à qui vous voulez ! Nyssiros fait quarante kilomètres carrés ! Il n'y a que mille habitants, et ils ont tous leur banque à Kos !

— Et toi, tu vas faire comment, sans argent ? demande Laurent, sceptique.

— Moi, ça va : on est en pension complète, on repart demain matin, et tous les transferts sont prévus jusqu'à l'aéroport…

Laurent et Julien restent silencieux un moment.

— Est-ce que tu peux nous accompagner à la réception ? reprend Laurent. Tu es leur cliente, si c'est toi qui leur demandes, ils nous aideront à trouver une solution pour repartir…

Vanessa les dévisage, excédée.

— Tu vois bien qu'on est coincés, ajoute Julien d'un ton las.

— D'accord. Mais c'est uniquement pour être débarrassée de vous au plus vite.

Le jeune employé qui se tient derrière le guichet à la réception regarde Laurent et Julien, d'un air complètement ahuri. Heureusement, il parle bien le français, bien que ce soit avec un accent grec très prononcé.

— Tout était dans le sac ? répète-t-il, incrédule.

— Tout, confirme Laurent sèchement.

— Très mauvais ! Si vous n'avez plus de passeport, il va falloir prévenir votre consulat.

— Le consulat, on s'en chargera une fois qu'on sera de retour à Kos, c'est pour ça qu'on aimerait rentrer le plus vite possible. Et comme on n'a plus d'argent, on aimerait que vous débitiez cinquante euros sur la carte de mon amie qui réside chez vous, et que vous nous donniez les cinquante euros en cash.

— Mais je n'ai pas de cash ! Il n'y a pas de caisse ici !

— Comment ça, pas de cash ? Vous en avez bien un minimum !

— Mais non, rien du tout !

Julien se tourne vers son ex-femme.

— Tu ne dis rien ?

— Qu'est-ce que tu veux que je dise ! Ce monsieur te dit qu'il n'a pas de caisse ! En plus, je ne le connais même pas.

— C'est mon premier jour, avoue le jeune homme, partagé entre la fierté et la gêne.

— Oh putain… marmonne Laurent. Bon, comment vous appelez-vous ?… Bon, écoutez Costas : d'abord, félicitations pour votre nouveau job. Ensuite, je sais qu'on ne se connaît pas, mais on a vraiment besoin d'aide. Alors peut-être que vous pouvez juste nous prêter de quoi acheter les tickets de bateau, vous me laissez votre adresse, et je vous donne ma parole que je vous envoie l'argent dès demain… Le double même !

— Ah, mais non, je ne peux pas prêter d'argent aux clients ! C'est… contraire au règlement.

— Nous ne sommes pas des clients !

— … Justement ! Très mauvais !

— Vous voulez bien appeler le directeur de l'hôtel ? intervient Julien. Je suis certain que lui saura trouver une solution.

— Je ne pense pas, dit le jeune homme, piqué. Et je ne peux pas l'appeler : il a pris un congé pour le mariage de sa fille ; impossible de le déranger.

— Alors vous proposez quoi ? s'énerve Laurent. Il va falloir faire quelque chose, si vous ne voulez pas qu'on passe toute la soirée à squatter le lobby en maillot de bain !

— Mais vous n'êtes pas clients de l'hôtel… vous ne pouvez pas rester ici !

— C'est pourtant ce qu'on va faire si vous refusez de nous dépanner !

— J'appelle la police, décide le jeune homme qui commence à s'affoler devant l'air excédé des Français.

— La police ? C'est tout ce que vous avez trouvé, comme solution ?

Pour toute réponse, Costas se contente de composer rapidement le numéro.

Sans lâcher des yeux les deux Français, il se lance dans une longue conversation en grec, qu'il interrompt pour leur demander la couleur de la voile de leur catamaran.

— Orange et bleue, à grosses rayures, répond Laurent. Ils l'ont retrouvé ?

L'employé hoche la tête, termine sa conversation et raccroche.

— Ils arrivent.

— La police ? Ils vont nous ramener à notre bateau ?

— Oui, mais il y a un problème. Apparemment, des jeunes l'ont emprunté, mais ils sont rentrés dans un voilier. Ils sont partis en courant dès qu'ils sont revenus à la plage. Le propriétaire du voilier a prévenu la police, qui cherchait partout les locataires du catamaran.

— De mieux en mieux… commente Julien.

— Je vais vous laisser, dit Vanessa à mi-voix. Je ne pense pas que ce soit une bonne chose que tes fils voient les messieurs en question arriver. Je préfère retourner à la chambre, ils m'appelleront s'ils veulent me poser des questions.

Julien acquiesce et rejoint ses enfants qui jouaient un peu plus loin.

— Papa s'en va, leur dit-il très ému.

— Déjà ? Tu ne peux pas rester un peu plus ? demande Lucas.

— S'il te plaît ! supplie Joseph.

— Non, intervient Vanessa, il doit y aller, sinon il va rater son bateau.

— De toute manière, vous rentrez demain ! dit Julien en essayant d'avoir l'air enjoué. Alors on se fait un gros câlin, et on se voit à Paris dans quelques jours.

Ses fils insistent un peu, mais il reste ferme et les embrasse tendrement, tandis que Vanessa écourte les adieux en promettant aux jumeaux qu'ils iront passer une semaine chez leur père dès son retour.

Julien les regarde s'éloigner, puis il retourne voir Costas qui les observe derrière son guichet.

— Vous auriez une cigarette ? lui demande-t-il.

— Désolé, je ne fume pas. Très mauvais !

Julien pousse un profond soupir, il se dirige vers un fauteuil et se laisse tomber dedans.

— Tu sais quoi ? dit Laurent en venant s'asseoir en face de lui. Je commence à regretter que tu ne m'aies pas tué sur le bateau.

— C'est tout ? Personnellement, j'en suis au stade où je regrette d'être né.

— Très mauvais, conclut Laurent.

Géraldine contemple la mer, d'une beauté d'autant plus insolente qu'elle est devenue inaccessible.

Clara jouant gentiment un peu plus loin, elle en profite pour aller vérifier son téléphone : toujours pas de message. Cherchant désespérément quelqu'un à qui parler, elle appelle Philippe, son directeur commercial. Le simple fait de tomber une fois de plus sur une messagerie la rend folle et elle l'insulte copieusement, tout en étant bien consciente qu'elle se trompe de cible.

Théo fait son apparition sur la terrasse, l'air ensommeillé.

— Il est quelle heure ?

— Presque 4 heures.

— Vous avez fait quoi depuis le dèj' ?

— Joué à la poupée.

— Tout ce temps ? Trop fort !

Théo s'avachit dans un transat. Géraldine lui confie sa petite sœur le temps d'aller chercher son appareil photo. Quand elle revient, un silence complet règne sur la terrasse.

— C'est fou comment c'est calme depuis qu'ils sont tous partis. Plus du tout maison de fous. Plutôt cimetière, comme ambiance.

— Eh bien tu vas être content, voilà justement Yannis et sa clique qui reviennent…

Géraldine ne l'avoue pas, mais elle-même se réjouit à l'idée qu'une bouffée de vie – et même, de désordre – vienne de nouveau secouer la colline. Elle se lève pour accueillir la Jeep et ses occupants. Yannis klaxonne gaiement en l'apercevant ; à peine est-il garé qu'elle l'entend crier pour donner des ordres à Bachir et Olga, pourtant fort éprouvés par leur traversée de l'île à l'arrière de la Jeep.

— Comment va Maria ? demande Géraldine en s'approchant.

— Magnifique, elle nous enterrera tous ! dit Yannis en soulevant lestement sa mère hors de la voiture, pour la déposer directement dans les bras d'Olga. Des nouvelles des garçons ?

— Rien.

— Quels petits coquins ! Ils ont dit qu'ils rentraient à quelle heure ?

— Attends, je vais chercher le mot, dit Théo.

— Laisse tomber, je l'ai lu huit cents fois. Il a écrit « en fin de journée ».

— Alors ils seront là pour dîner… Tu fais des photos, koukla ? demande Yannis en remarquant l'appareil qu'elle tient à la main.

— J'allais en faire : il fait moins chaud et la lumière est très belle. Et puis je n'en ai pas encore fait des enfants.

— Moi, tu peux m'oublier ! assène Théo.

— Pas moi ! rétorque Yannis. Allez, viens ! dit-il à l'attention de Clara, tout en prenant déjà la pose.

Mais la petite détale instantanément et vient se coller contre Olga.

— Lui non, mais avec toi, je veux !

— Méchant ! crie Yannis à la petite fille.

Vexé, il tourne les talons et disparaît dans la maison en annonçant qu'il va se reposer.

Olga se penche vers Clara ; elle retourne ses poches vides et désigne Maria, pour lui faire comprendre que la vieille dame a épuisé sa provision de bonbons. La petite secoue la tête d'un air magnanime signifiant que ça ira pour cette fois, et grimpe dans ses bras.

Géraldine mitraille sa fille, et fait des portraits avec Olga puis Bachir. Elle tente de prendre Théo à son insu, ce qui le rend furieux tout en le flattant, et fait des photos du jardin et des maisons.

Tout à coup, elle entend son portable sonner au loin ; elle lâche son appareil et revient en courant vers la terrasse pour se jeter sur le téléphone. Hélas, elle arrive trop tard pour prendre l'appel. Elle compose le numéro de sa messagerie en tremblant d'excitation à l'idée d'avoir des nouvelles de son mari. Son visage se fige tandis qu'elle écoute les excuses de Philippe, qui, effrayé par le message hystérique qu'elle lui a laissé, s'excuse platement de ne pas avoir été joignable, et jure que ça ne se reproduira plus.

— Alors ? demande Théo.

— C'est pas lui.

Elle part ramasser son appareil photo en prenant l'air le plus digne possible, rentre le ranger dans la maison et en ressort avec son ordinateur portable.

— Je vais consulter mes mails ; tu peux surveiller ta sœur ?

Géraldine monte péniblement les marches qui conduisent au toit. Sous l'effet du stress, elle a l'impression que ses gestes ont rétréci, et elle ne peut s'empêcher de penser que ce n'est qu'un aperçu de ce que lui réserve la vieillesse. Elle va s'asseoir par terre, dans un coin bordé d'un petit muret sur lequel elle a pris l'habitude de s'adosser, et pose son ordinateur sur ses cuisses. Alors qu'elle est en train de l'allumer, elle sent quelque chose qui la chatouille ; sûrement un mauvais pli de sa longue jupe, et elle soulève ses jambes pour tirer sur le tissu.

C'est alors qu'elle découvre un lézard coincé sous la pierre dont elle a involontairement bloqué l'issue, et qui cherche désespérément à s'enfuir.

Pétrifiée, Géraldine le regarde détaler, et éclate en sanglots.

Encadrés par deux policiers, Laurent et Julien se tiennent debout sur la plage de Pali. Ils contemplent avec une certaine désolation le catamaran qu'ils ont loué et qui est échoué sous leurs yeux. L'une des coques a été sévèrement endommagée, et le petit bateau fringant qui les a emmenés ici même dans la matinée fait désormais figure de triste épave.

— Putain de chant des sirènes… déplore Julien.

— C'est bien lui, confirme Laurent aux policiers.

— Il faut faire une déclaration au poste, et prévenir la société de location, ordonne l'un d'entre eux, dans un anglais approximatif.

Julien essaie de le convaincre de faire ces démarches à Kos, mais les policiers sont intraitables : le vol du catamaran et la collision ont eu lieu dans les eaux territoriales de Nyssiros ; tout ce qui s'y déroule relève de leur responsabilité et doit être traité par eux.

— Mais une fois qu'on aura rempli toutes les déclarations, vous pourrez nous déposer à un bateau et lui dire de nous ramener à Kos, en expliquant qu'on ne peut pas régler nos tickets ?

— *Sure. No problem. When paperwork is finished, we take you to boat and explain.*

Malgré son expression rassurante, les deux amis sont plus abattus que jamais en remontant dans la voiture de police pour prendre la direction du poste. Apprenant que les Français n'ont rien mangé ni bu depuis le matin, les policiers leur promettent qu'on leur donnera de quoi se sustenter au commissariat.

Sitôt arrivés, ils emmènent Laurent et Julien dans un bureau et leur disent d'attendre qu'on vienne prendre leurs dépositions. Dix minutes plus tard, un autre représentant des forces de l'ordre vient leur apporter deux sandwichs et deux canettes.

— Merci beaucoup ! Est-ce que quelqu'un peut venir s'occuper de nous ? demande Julien en se jetant sur la boisson.

— *Soumada, almond drink, very good !*

Julien répète sa question avec force gesticulations, et demande si on peut appeler l'un des deux policiers qui les ont accompagnés, mais d'après le nouveau venu, c'est un inspecteur qui va reprendre le dossier.

— Quand même, objecte Laurent, ce serait bien que ceux qu'on a rencontrés soient présents, ils connaissent toute l'histoire et on gagnera du temps.

Après quelques malentendus suivis d'un échange de phrases soigneusement articulées et mimées, les Français comprennent que les deux policiers en question ont fini leur service, et ne reviendront pas avant le lendemain.

— *You wait and drink soumada, inspector comes*, conclut le policier en refermant la porte.

Dix minutes plus tard, l'inspecteur annoncé entre, se présente d'un ton censé présumer de son importance, et entreprend de retranscrire méthodiquement leurs dépositions, ce qui s'avère d'autant plus laborieux qu'il faut traduire leur récit de l'anglais au grec. Enfin, Laurent et Julien signent les formulaires, l'inspecteur se lève, et voyant que les Français imitent son geste, leur demande de se rasseoir et de patienter.

— Comment ça, attendre ! Vous aviez dit que c'était le dernier formulaire ! s'énerve Laurent.

— Oui, mais le propriétaire du voilier arrive ; il veut vous voir pour être sûr que ce n'est pas vous qui avez endommagé son bateau.

— Mais enfin, évidemment que ce n'est pas nous !

— Pour vous peut-être, mais pas pour lui.

— Il arrive quand ? demande Julien.

— Dans quelques minutes, nous l'avons eu au téléphone et il était tout près.

— En attendant, s'il y avait moyen d'avoir une cigarette… glisse Julien.

L'inspecteur sort. Laurent se lève, furieux.

— Il est un peu con cet inspecteur ; il aurait pu lui dire que c'était pas nous !

— À mon avis, lui aussi, il veut s'en assurer. A priori, il nous croit, mais il ne va quand même pas se priver de vérifier alors qu'il en a l'occasion…

— C'est dingue. Tu crois qu'ils vont nous aligner, comme dans *Usual Suspects* ?

— Ben voyons ! Avec tous les détenus de la prison de Nyssiros ! Et parmi eux, un Turc avec la gueule de Keyser Sozé…

La porte s'ouvre, le policier qui leur avait donné les sandwichs et les boissons leur rapporte deux bouteilles de soumada, qu'il pose sur la table.

— J'en veux pas, de ton sirop d'orgeat de merde ! crie Laurent qui commence à craquer. Je veux rentrer chez moi !

Plus diplomate, Julien le remercie et lui demande une cigarette ; le policier le gratifie d'un grand sourire, secoue négativement la tête, et referme la porte derrière lui.

Mamoune chérie,

D'abord, merci !

Imagine-toi que mes meubles ont fini par arriver. Finalement, j'avoue que j'étais super contente en récupérant mon bureau et mon armoire, ça m'a fait trop bizarre de voir ces objets dans ma petite chambre du campus, à des milliers de kilomètres de Paris.

J'ai tout de suite sorti mes affaires de ma valise pour les ranger, et c'est là que j'ai découvert le cadeau que tu avais mis pour moi à l'intérieur de l'armoire. Les deux pulls sont magnifiques, j'ai adoré les couleurs, la forme, tout.

La mauvaise nouvelle, c'est qu'ils n'ont pas résisté au « cold decontamination process », c'est-à-dire qu'ils sont passés du 38 à une taille enfant, genre 4 ans… Bref, d'ici un ou deux ans, ils iront à Clara.

Mais ne flippe pas trop. Moi aussi, j'ai été déçue de voir que les pulls étaient foutus, mais en même temps, je les regardais, je t'imaginais en train d'aller les acheter, de planquer le paquet en douce dans l'armoire ; je voyais trop bien ta tête toute réjouie en pensant à la mienne, quand j'allais trouver ton cadeau.

Et tout va bien.

Je pense à toi, à vous tous... qu'est-ce que vous faites, comment ça va ?

Je t'aime Mamoune, t'es la meilleure des mamans.

Depuis l'apparition du lézard entre ses jambes, Géraldine n'a pas cessé de pleurer ; l'émotion que lui procurent les mots de sa fille est venue s'ajouter à celles qui se sont accumulées tout au long de la journée, et elle ne sait pas comment contenir le flot qui la submerge. Elle relit l'e-mail d'Émilie, puis met longtemps à commencer à rédiger sa réponse, tant les mots se bousculent dans sa tête. Plus que jamais, son lien avec son aînée lui semble essentiel ; durant toutes ces années où elles ont formé un tandem, elles n'ont compté que l'une sur l'autre, n'ont jamais appris à vivre l'une sans l'autre, et son histoire d'amour avec Laurent n'est jamais venue empiéter sur leur relation fusionnelle.

Elle se rend compte aussi à quel point ça lui fait du bien de communiquer avec quelqu'un d'extérieur, quelqu'un qui se trouve à l'autre bout du monde, et est loin de s'imaginer que des gens qu'elle croyait sains d'esprit ont cru bon d'aller passer leurs vacances dans un asile de fous.

Géraldine commence à rédiger sa réponse. Elle félicite Émilie d'avoir accueilli avec philosophie la métamorphose de ses pulls en vêtements de poupée ; puis, ne pouvant se résoudre à faire comme si de rien n'était, elle lui raconte le petit mot de Laurent, et le trouble dans lequel elle est plongée depuis le matin.

En précisant à sa fille que Julien est visiblement à la source de l'absence de Laurent, elle prend conscience que cette indication, loin de la consoler, l'humilie encore davantage. Au fil des lignes, elle parvient à mettre des mots sur le malaise qui est le sien depuis le début des vacances. Elle décrit son sentiment d'exclusion chaque fois qu'une blague qu'elle ne comprend pas les fait mourir de rire. Ses efforts pour participer à leurs jeux pour, inévitablement, finir par se retrouver larguée, dehors, sur le palier. Comme un invité indésirable. Ou pis : comme si elle n'existait pas. Sentiment odieux, a fortiori quand la personne qu'elle laisse indifférente est son mari. Elle comprend le rapport exclusif qui unit Laurent à Julien – après tout, leur relation a vingt ans d'avance sur son couple – et d'une certaine manière, elle admire leur complicité. Mais rien ne justifie la barrière infranchissable qu'ils ont établie entre eux et le reste du monde.

Elle se cherche des torts, et s'en trouve quelques-uns. Mais ses défauts, Laurent les connaît, et il a toujours affirmé qu'ils lui allaient bien et qu'elle ne devait rien changer.

Une angoisse sourde continue à lui peser ; non seulement ses vacances sont loin d'être paradisiaques, mais en plus, elle n'a plus aucun espoir de voir les choses s'arranger. Elle est seule. Et en relisant une fois de plus le mot de Laurent, elle n'y trouve plus le moindre sens ; il ne ressemble à rien, sinon à un alignement de lettres parfaitement dérisoires.

Elle retourne le bout de papier et relit la phrase inscrite par Yannis : *Pas la peine de fouiller, y a rien ici !*

Tout est dit.

Géraldine relit son mail. Son récit est long, probablement trop détaillé – elle a même poussé l'autoflagellation jusqu'à décrire sa profonde honte suite à la gifle assenée à Théo, et évoquer les dix ans de thérapie dont elle va avoir besoin pour évacuer sa culpabilité.

Elle parsème son texte de quelques petites réflexions ironiques lui permettant de tourner le tout en dérision, car elle sait bien que sa fille ne devrait pas être sa confidente dans un tel moment de faiblesse. Mais à force de ne plus savoir à qui se livrer, cet exutoire lui est devenu nécessaire. Et à cet instant où elle n'est plus en mesure de nier sa fragilité, le soutien d'Émilie lui manque plus cruellement encore que les autres jours.

Géraldine calcule l'heure qu'il est à Sydney – 2 heures du matin – pas la moindre chance qu'Émilie soit derrière son écran ; elle n'aura pas de réponse avant demain.

Elle reste encore quelques minutes assise sur le toit, à regarder le soleil disparaître lentement derrière la mer. Le calme règne sur la colline, la température est douce, et elle ne ressent pas la moindre envie de redescendre. Sa position sur le toit lui permet de voir la route et de constater que la Panda n'est toujours pas de retour, et elle trouve l'apaisement seule, dans un silence qu'elle sait provisoire.

Consciente qu'elle ne peut pas laisser la responsabilité de Clara à Théo trop longtemps, elle se décide à les rejoindre, mais la petite note de musique lui annonçant un message entrant retentit au moment où elle allait éteindre son ordinateur.

Mamoune,

Je viens d'arriver, j'étais à un anniversaire.

Je ne suis pas psy, mais je vais te faire gagner dix ans et beaucoup d'argent : je suis bien placée pour savoir que si tu as foutu une claque à Théo, c'est qu'il l'avait bien méritée ! À mon avis, ça lui a bien remis les idées en place et vos rapports ne s'en trouveront peut-être pas plus mal. Je lui enverrais bien un lien vers le site www.beaux-fils-molestés.org, mais je ne suis pas sûre que ça le fasse marrer, ce con !

Quant à Laurent, tu sais que je l'adore, mais c'est un gosse ! On dirait que tu ne t'en étais jamais rendu compte. Et comme tous les gosses, il fait des conneries en douce avec ses copains. Sûrement rien de méchant, surtout s'il te dit que c'est pour aider Julien. Je comprends que ça te fasse péter les plombs, mais il ne faut pas que ça te rende malheureuse pour autant. Une chose est sûre, c'est qu'il t'aime. De façon évidente, sans se poser de question. Comme moi.

Et comme tu dis, quand il sera revenu, tu seras la plus heureuse des femmes. Alors en attendant, ne te laisse pas abattre et va t'amuser – ça ne devrait pas être trop difficile, vu le barjo chez qui tu as élu domicile.

Mamoune, merci de t'être « laissée aller », comme tu dis ; depuis que je suis née, tu es là pour moi, toujours, un vrai parachute d'amour.

Et aujourd'hui, en me permettant d'être là aussi pour toi, c'est encore un cadeau que tu m'as fait. Et celui-là résisterait à toute tentative de « fumigate ».

Géraldine prend une profonde inspiration ; alors qu'elle ne pleure jamais, elle sent qu'elle pourrait bien recommencer, et bien que sa précédente crise de larmes lui ait fait du bien, elle ne tient pas du tout à renouveler l'expérience. Elle remercie mentalement Émilie, qui a la pudeur de faire comme si c'était la première fois qu'elle avait l'occasion de la réconforter, alors qu'elle le fait depuis longtemps, de la façon discrète qui est la sienne. Toutes les fois où Géraldine a connu des difficultés, des moments de doute ou d'abattement, elle tentait de les masquer, mais sa fille la sentait vulnérable et l'entourait tout particulièrement d'affection. Et puis, ne serait-ce que par sa simple présence, Émilie représente pour elle un soutien d'autant plus indispensable qu'elle ne lui a jamais fait défaut. Elle résiste à l'envie de lui répondre, sachant que l'élan de tendresse qui l'anime lui ferait écrire des phrases si chargées d'émotion qu'elles en deviendraient pesantes. Elle éteint son ordinateur et redescend le cœur plus léger. Alors qu'une heure plus tôt, elle pensait avoir tout gâché dans sa vie, sa fille vient de lui prouver le contraire.

— Comment ça, trop tard ? répète Julien, ébahi.

— Je suis navré, le dernier bateau pour Kos vient tout juste de partir.

— Vous plaisantez ou quoi ? Vous réalisez le temps que vous nous avez fait perdre ?

— Inutile de vous énerver, monsieur ! On ne pouvait pas vous laisser partir sans prendre vos dépositions, et sans que le propriétaire du voilier vienne vous disculper.

— Et maintenant, on fait quoi ? demande Laurent. Vous nous déposez à un hôtel ?

— Un hôtel ? Si vous voulez. Je vous dépose à l'*Apollo Resort*, et madame règlera votre chambre ?

— Non, réplique Julien sèchement. Madame est mon ex-femme, et je n'ai pas l'intention de lui demander de payer notre chambre.

— Très bien. Vous connaissez d'autres gens sur l'île ?

— Personne.

— Dans ce cas, je regrette, mais je crois que vous allez devoir accepter notre hospitalité. Nous vous porterons à dîner et des couvertures, et nous vous conduirons demain matin au port ; vous repartirez avec le premier bateau pour Kos.

— Mais on va dormir où ? Vous avez des chambres ?

— Des chambres, façon de parler, raille l'inspecteur. Nous allons mettre une cellule vide à votre disposition, et…

— Il n'est pas question que je passe la nuit en prison ! s'écrie Laurent en se levant.

— C'est comme vous voulez, vous êtes libres. Au revoir.

— Tu viens ? demande Laurent à Julien, qui est resté assis.

— Tu comptes aller où ? On n'a pas un rond, on est pieds nus et presque à poil !

— On se démerdera !

— Franchement, vu les prouesses qu'on a accomplies depuis ce matin, je commence à en douter ! Si c'est pour se retrouver à dormir sur la plage en mourant de froid, je préfère rester ici !

— C'est interdit de dormir sur la plage, précise l'inspecteur, qui commence à prendre goût à la discussion.

— Tu es sûr que tu ne veux pas appeler Vanessa ?

— Certain.

— Et si c'est moi qui…

— Hors de question.

— Bon, eh bien je crois qu'on va accepter votre invitation, dit Laurent de mauvaise grâce. Mais avant, j'aimerais appeler ma femme, elle nous attend en fin de journée et doit commencer à s'inquiéter.

L'inspecteur tourne son téléphone vers Laurent. Celui-ci saisit le combiné et s'arrête net, dépité.

— Je ne le connais pas par cœur. Le numéro. Je l'ai en mémoire dans mon portable, alors je ne le compose jamais.

— Appelle quelqu'un qui le connaît…

— On est samedi, le bureau est fermé… Je vais appeler mes parents.

De plus en plus tendu, Laurent compose le numéro, patiente quelques secondes et annonce, dépité :

— C'est le répondeur, ils sont sortis.

Il laisse un message à ses parents, dans lequel il leur explique le plus clairement possible sa situation, et leur demande d'appeler Géraldine pour lui dire de ne pas s'inquiéter.

— Et si on appelait Yannis ? suggère Julien. Ils peuvent nous trouver son numéro…

— Excellente idée ! bondit Laurent. C'est quoi son nom de famille ?

— Tu me demandes à moi ?

— Ben quoi ! T'habites chez lui ! T'as jamais vu une enveloppe traîner, un papier à son nom ?

— Si, mais c'était écrit avec l'alphabet grec ! Et toi : tu ne lui as quand même pas loué une maison sans connaître son nom…

— Je te rappelle que je n'étais pas là quand Géraldine l'a rencontré, et c'est elle qui s'est occupée de tout.

— Tu n'as jamais entendu son nom ?

— Si… ça se finit par… poulos, mais j'ai oublié ce qu'il y a avant.

L'inspecteur commençant à montrer d'évidents signes d'impatience, Laurent lui traduit la dernière partie de leur discussion.

— Mais enfin, comment voulez-vous qu'on le retrouve avec seulement la terminaison de son nom ?

— Je peux vous donner son adresse ! S'il vous plaît, faites en effort ! Ma femme va être folle d'angoisse si on ne rentre pas de la nuit !

L'inspecteur lui tend un bout de papier et un crayon, et se lève.

— Écrivez l'adresse là, je veux bien demander à quelqu'un d'essayer de le retrouver. Heureusement qu'ils ne sont pas tous comme vous !

— Qui ?

— Les touristes. Parce que si tout le monde était aussi bien organisé que vous, on devrait au moins doubler nos effectifs !

Piteux, Laurent griffonne le prénom et l'adresse de Yannis et rend le papier au policier.

— Maintenant, poursuit l'inspecteur, j'ai d'autres affaires à régler ; alors je vais vous accompagner à votre… chambre, et on viendra vous chercher quand on aura trouvé le numéro de votre Yannis.

Sous les regards attentifs de Théo et Clara, Géraldine s'affaire dans la cuisine ; elle a préparé le meilleur repas possible avec le contenu du réfrigérateur, et contemple avec satisfaction les plats posés sur la table. N'ayant plus rien à faire, elle s'autorise à jeter un coup d'œil à sa montre – un geste qu'elle s'était soigneusement interdit de faire durant toute la préparation du dîner. Aussitôt, son visage se rembrunit.

— Ce n'est pas normal, il est presque 8 heures. Ils devraient être rentrés.

— Ils doivent être dans les bouchons, répond Théo en commençant à picorer dans le plat d'entrées.

— Mais pourquoi il n'appelle pas ?

— Peut-être qu'il n'a plus de batterie…

— Et les cabines ! Julien les connaît toutes par cœur !

— Arrête de stresser. Écoute, c'est exactement comme la fois où vous vous êtes fait un flip parce que j'étais super à la bourre. Tu te souviens ? Il y avait une explication toute simple.

— C'est vrai, mais tu as appelé ton père du portable de ton pote et on a arrêté de s'angoisser… Franchement, je commence à être vraiment inquiète, il a dû leur arriver quelque chose.

Consciente qu'il vaut mieux éviter de communiquer son anxiété aux enfants, elle se contredit en enchaînant avec une phrase qui se veut rassurante, et leur propose de prendre un verre de jus de fruit sur la terrasse. Mais une fois dehors, elle s'enfonce dans un transat et reste silencieuse. Théo passe alors en revue les différents scénarios susceptibles d'expliquer le silence de son père et de Julien, mais Géraldine écarte chacune de ses hypothèses à coup d'arguments d'une logique implacable.

« Ils se sont peut-être perdus… » pense Clara qui se dit que, décidément, on ne la consulte pas assez souvent dans cette maison. Afin de changer les idées de sa mère, elle la mobilise sur le registre sur lequel elle est sûre d'être entendue : la faim, et comme prévu, Géraldine consent à passer à table.

Le dîner est plutôt morne, l'inquiétude de Géraldine commençant à gagner Théo, qui se trouve vite à court de sujets de conversation. C'est donc avec soulagement qu'il voit Yannis venir vers eux et les inviter à venir manger du melon sur sa terrasse.

— Je vais nous mettre un peu de musique ! annonce-t-il d'un ton enjoué.

À peine est-il entré dans la maison que la voix de la Callas prend possession de la colline.

— C'est beau ! murmure Géraldine.

— Mais c'est chiant soupire Théo.

Pourtant très en forme, Yannis ne parvient pas à distraire Géraldine. Il décide donc de prendre les choses en main.

— Écoute, koukla, voilà ce qu'on va faire : on va sortir boire un verre dans un bar et s'amuser un peu.

— Je ne peux pas m'éloigner d'ici ! Imagine qu'il leur soit arrivé quelque chose !

— Crois-moi, il ne leur est rien arrivé du tout !

— Qu'est-ce que tu en sais ?

— Parce que s'il leur était arrivé quelque chose, on le saurait ! Par exemple, s'ils avaient eu un accident, on aurait trouvé leurs papiers, et quelqu'un aurait appelé Manoli parce qu'il y a son numéro sur les voitures de location ! Et bien sûr, il m'aurait tout de suite prévenu. À mon avis, ils ont mal calculé leur temps, et ils vont rentrer plus tard que prévu. C'est tout.

— Tu crois ? Alors pourquoi ils n'appellent pas ?

— Je ne sais pas ! Peut-être parce qu'ils savent qu'ils vont se faire engueuler… Alors, en attendant, tu vas venir avec moi ; d'abord, parce que tu as besoin de te distraire ; ensuite, pour ne pas être là quand ils rentreront. Comme ça, Laurent sera magnifiquement déçu et ce sera très bien.

— Tu as peut-être raison…

— Bien sûr que j'ai raison ! Je suis un grand stratège de l'amour. Enfin, plus maintenant, parce que j'ai Makadjani, donc plus besoin de souffrir comme avant.

— Nous aussi, on vient ? demande Théo.

— Pas question ! tranche Yannis. Mais comme je suis très gentil, vous avez le droit de regarder la télé chez moi. J'ai le câble, lâche-t-il enfin d'un ton théâtral.

— Tu pouvais pas le dire plus tôt ? s'écrie Théo.

— Non, sinon tu aurais été tout le temps chez moi.

— Je ne pense pas que je puisse laisser Clara, objecte Géraldine.

— Olga va s'occuper d'elle, n'est-ce pas ? Si elle est fatiguée, elle la couchera sur mon canapé en attendant notre retour.

Clara fait un grand oui de la tête, et une fois que Géraldine a rappelé à l'Ukrainienne qu'il ne faut pas se fier à un enfant de deux ans en ce qui concerne sa tolérance au glucose, elle monte dans la Jeep.

— Maintenant, tu vas voir le vrai visage de la Grèce : on va aller dans le bar de mon ami Sakis ; il y a de la bonne musique et des beaux garçons, on va les regarder ensemble.

— Merde, j'ai presque plus de batterie ! On rentre.

— Pas question ! J'ai mon portable, alors tout va bien ! Aucune raison de paniquer, puisque Olga pourra nous appeler si elle a besoin.

— Mais pas Laurent !

— Décidément, tu n'apprends rien ! C'est bien fait pour lui ! Maintenant, c'est à son tour de s'inquiéter…

Comme à son habitude, Yannis abandonne sa Jeep à la première place interdite qu'il trouve, puis il emmène Géraldine dans une petite rue en retrait du quartier touristique de Kos Town. Debout à l'entrée de son établissement, Sakis pousse un grand cri de joie en apercevant Yannis.

— Vous êtes très proches, remarque Géraldine.

— Oui… mais non. C'est surtout qu'avant, j'étais alcoolique, alors je faisais tout son chiffre d'affaires à moi tout seul ! J'allais tout droit à la ruine ! Du coup, j'ai arrêté de boire.

Il vient néanmoins se jeter dans les bras de Sakis, qui les installe à la meilleure table. Loin de la maison et de l'attente pesante qu'elle a ressentie tout au long de la journée, Géraldine se sent soudain légère, et elle se surprend à rire de bon cœur des commentaires que fait son ami sur les clients du bar. Envahie par un sentiment de liberté qu'elle n'a pas connu depuis longtemps, elle aligne les cocktails et finit par accepter de suivre Yannis qui tient à lui apprendre une danse qu'il qualifie de danse traditionnelle grecque, et qui consiste en fait en un curieux mélange de sirtaki et de cha-cha-cha. Désinhibée par l'alcool et certaine de n'être connue de personne, Géraldine imite ses pas et se dandine avec lui de bon cœur. Bientôt, les deux amis hilares sont rejoints par d'autres clients du Club.

— Koukla, dit Yannis sans cesser de se tortiller, il y a un blond derrière toi, il est très beau et il n'arrête pas de te regarder…

— C'est gentil de me dire ça, mais qu'est-ce que tu veux que ça me fasse ?

— On va lui dire bonjour !

Géraldine veut protester, mais avant qu'elle ait pu dire le moindre mot, Yannis apostrophe le blond en question, échange quelques phrases avec lui, et prend Géraldine par le bras.

— Je te présente Bror, il est danois. Dis bonjour, chérie ! Maintenant, viens, il veut nous offrir un verre !

Géraldine, qui a tout juste eu le temps de constater que le Scandinave doit avoir à peine trente ans, le salue rapidement ; elle hésite un peu, puis mue par un léger désir de revanche – après tout, elle aussi a le droit de se faire des amis danois ! – elle suit les deux hommes qui se dirigent vers leur table.

Une heure et quelques verres plus tard, Géraldine n'en finit pas de rire des blagues de Yannis et Bror – incontestablement les hommes les plus drôles qu'elle ait jamais rencontrés, loin devant Julien et Laurent. Persuadée qu'à cette heure-ci, son mari est rentré à la maison et en train de se morfondre de son absence, elle se dit que ce n'est que justice et qu'elle a bien le droit de profiter de ce qui est en passe de devenir l'une des meilleures soirées de sa vie. Elle est soudain rappelée à la réalité par la sonnerie du téléphone de Yannis. Il parle en anglais, et elle comprend que son interlocutrice est Olga. D'un clin d'œil, il la rassure le temps de terminer sa conversation.

— Laurent a appelé, tout va bien ! Ils seront là demain matin.

— Demain matin ? Mais pourquoi ? demande-t-elle, stupéfaite.

— Il t'expliquera tout, répond Yannis qui n'a aucune envie de lui préciser que le coup de fil provenait du commissariat de Nyssiros. Il faut que j'y aille, maman est réveillée, et elle me réclame.

Géraldine se lève à sa suite, mais Bror la retient et lui propose de l'emmener dans un autre bar rejoindre des amis à lui ; il a un scooter et la raccompagnera après.

— Vas-y ! lui intime Yannis.

— Je ne sais pas…

— Vas-y ! répète-t-il. Si tu rentres, tu ne vas pas dormir, tu vas tourner en rond et gâcher notre bonne soirée. Je me trompe ?

— Et Clara ?

— Olga m'a dit que les deux enfants dorment.

— Mais si la petite se réveille, elle risque de s'angoisser…

— Quand je rentre, je m'occuperai de maman et j'irai dormir avec elle dans la petite maison ; comme ça, Olga pourra rester avec Clara.

Géraldine réfléchit. Rassurée de savoir Laurent en bonne santé, elle sent la colère monter. Encore quelques secondes, et la rage l'emporte sur les scrupules que lui inspire l'idée de rester seule avec un inconnu. Une fois qu'ils sont sortis du bar, Yannis se penche vers elle pour l'embrasser ; sa stature de géant semble plus imposante que jamais, et quand il déplie ses grands bras, elle vient se blottir contre lui.

— Merci pour tout, lui fait-elle, sincèrement reconnaissante.

Pour toute réponse, il se contente de la serrer affectueusement contre lui.

Géraldine suit Bror jusqu'à son scooter ; il lui tend son casque, et voyant qu'elle ne parvient pas à l'attacher, il vient à son secours. Les bras ballants, un peu embarrassée, elle baisse les yeux tandis qu'il fixe le casque pour elle. En regardant Yannis s'éloigner, une certaine appréhension l'assaille de nouveau.

— Yannis !

Il se retourne, lui jette un coup d'œil et crie :

— Amuse-toi bien, *barbounaki mou* !

— Comment tu m'as appelée ?

— Mon petit rouget. Parce que tu es toute rouge !

— Je suis le dernier des cons, se lamente Laurent. Franchement, quand je pense que c'était mon idée, je meurs de honte. Tout ça pour qu'on se retrouve en prison, dans une cellule de… 9 mètres carrés !

— Tu crois ? Moi, je dirais plutôt 8.

— Attends, on va mesurer…

Laurent se lève et commence à traverser la cellule en longueur puis en largeur, en faisant de grands pas qu'il accompagne d'un décompte à haute voix.

— 1… 2… 3… Et en largeur, 1… 2… 2,5. Plutôt 7,5 mètres carrés en fait.

— C'est peu, mais ce n'est pas une catastrophe, surtout qu'ils ont laissé la grille ouverte, lui rappelle Julien.

À ces mots, Laurent se précipite pour vérifier pour la dixième fois que le loquet s'ouvre sans problème.

— Certes, mais on est quand même derrière les barreaux !

— Remarque, dans *Plein Soleil* aussi, le meurtrier finit par se faire coffrer.

— Sauf que je ne t'ai pas tué ! Quel cauchemar ! Ça ne pourrait pas tomber plus mal…

— Note bien que je ne pense pas qu'il existe un moment idéal pour aller en prison.

— D'accord… Mais maintenant ! Et ici ! Sans compter qu'on est juste en face de la Turquie.

— Je ne vois pas le rapport.

— Le rapport, c'est *Midnight Express* !

— Oh merde ! pouffe Julien. Je vais prendre dix ans ferme. Ça doit être ma punition pour avoir failli dîner avec des Norvégiennes mineures. Et dire que je croyais avoir échappé à la sanction divine.

— Que veux-tu, Dieu est vigilant.

— S'il nous punit rétroactivement pour tous nos péchés, on risque de passer plus d'une nuit ici… Remarque, Géraldine aura sûrement pitié de toi. D'ailleurs, dans *Midnight Express*, je me souviens d'une scène où la petite amie du héros vient le voir et lui montre ses seins au parloir… Tu vas peut-être vivre un grand moment érotique. Pendant que je resterai tout seul à moisir ici.

— Oublie la scène érotique ; Géraldine doit être en train de chercher un tueur à gages pour me liquider. Et si je reste en vie, elle va vraiment me virer.

— Mais non, au pire, tu vas juste te prendre un bon coup de poêle.

Ils s'interrompent pour écouter des cris en provenance de l'entrée du commissariat. Les voix se rapprochent ; de toute évidence, le vacarme est l'œuvre d'un type ivre mort qui chante à tue-tête, tandis que plusieurs hommes tentent de le maîtriser.

Deux minutes plus tard, apparaissent deux policiers soutenant un clochard qui tient à peine debout. Ils se dirigent vers la cellule où se trouvent les Français et y poussent sans ménagement le ténor.

— Ah non ! Pas avec nous ! s'insurgent Laurent et Julien.

— *Sorry, prison full !* conclut un policier avant de verrouiller la cellule.

Les Français bondissent et demandent à sortir, mais les policiers tournent les talons et repartent sans leur jeter un regard.

Il est 6 heures du matin ; le soleil brille déjà sur Kos et tandis que Bror raccompagne Géraldine chez Yannis, elle cherche à quand remonte la dernière fois où elle est rentrée aussi tard, et doit bien reconnaître que cela fait si longtemps qu'elle n'en a pas la moindre idée.

Dégrisée par la brise matinale, elle se demande comment elle a pu se laisser entraîner au point de passer toute la nuit dehors, surtout qu'elle n'a plus de batterie. Que s'est-il passé si sa fille s'est réveillée ? Non, elle doit dormir profondément. Sur le canapé. De nouveau, une vague de culpabilité l'envahit à l'idée d'avoir laissé Clara et Olga dormir dans le salon de Yannis. Mais elle tente de se rassurer : Clara dort bien n'importe où, et Olga est probablement contente d'avoir eu à veiller sur une petite fille plutôt que sur une centenaire.

Il faut dire que les amis de Bror étaient tous incroyablement sympathiques et que le temps a passé. C'est tout. C'est vrai aussi qu'il y a une heure, elle crevait de faim, et qu'elle a accueilli avec joie l'idée d'aller tous ensemble prendre un petit déjeuner dans un café du port. D'ailleurs, ce repas devant la mer, au moment du lever du soleil, a été le moment le plus magique qu'elle ait vécu depuis son arrivée sur l'île. Dommage qu'elle l'ait partagé avec un autre homme que le sien.

Le scooter arrive à une intersection, et Géraldine pointe du doigt la propriété de Yannis, qui se dessine en haut de la colline. Elle distingue au loin la silhouette de Bachir qui sort de la maison de Maria et Olga, et rentre sur la pointe des pieds chez Yannis. Géraldine pense alors que Bachir et Olga vivent probablement une véritable histoire d'amour, et cette idée lui semble particulièrement douce.

Quelques minutes plus tard, ils sont arrivés ; le Danois éteint son moteur et descend du scooter. Géraldine fait de même, essaie d'ôter son casque – décidément, elle n'y arrivera jamais – et laisse faire Bror à sa place. Alors qu'elle s'apprête à le remercier, il lui prend la tête entre les mains et l'embrasse. Passée la première seconde de surprise, elle le repousse doucement en disant :

— *No ! Don't do that.*

C'est alors que dans le dos de Géraldine résonne un petit :

— C'est qui ?

Elle sursaute et se retourne. Debout sur la terrasse de Yannis, Clara les observe en se frottant les paupières, et sa mère se demande si c'est la luminosité qui contrarie ses yeux encore endormis, ou le spectacle auquel elle vient d'assister.

Bror remonte aussitôt sur son scooter, et repart sans un mot.

Au fil des secondes, le bruit de son moteur décroît, mais Géraldine ne bouge pas ; elle se contente de regarder sa fille et de lui faire un grand sourire en se demandant avec anxiété si elle doit lui donner une explication, et si oui, laquelle.

Ses tergiversations prennent fin au moment où tout son corps est secoué par un hoquet sonore, annonciateur d'une longue série.

— Oh, non ! Je suis fatiguée de moi-même… gémit-elle en se décidant enfin à rejoindre Clara.

Elle s'accroupit devant sa fille, la serre contre sa poitrine, et chuchote entre deux hoquets :

— Maman est là.

Puis elle choisit de s'en tenir à ce bref constat, toute tentative de justification, a fortiori auprès d'un enfant de cet âge, lui semblant aussi superflue que dérisoire.

Épuisée, elle prend Clara dans ses bras, lui fait un biberon, et va s'allonger avec elle dans un transat. Toutes les deux s'assoupissent jusqu'au moment où elles sont réveillées par la voix tonitruante de Yannis, qui les invite à prendre le petit déjeuner chez lui.

Impatient d'entendre Géraldine lui raconter la suite de ses péripéties nocturnes, il se débarrasse de Clara en lui donnant des gâteaux et en l'installant devant un dessin animé, dont il couvre le son en mettant un album de Régine.

— Écoute, koukla ! C'est *Les P'tits Papiers*, ma chanson préférée !

D'ailleurs, comme pour illustrer ses propos, il entonne le refrain à tue-tête, et remet la chanson dès qu'elle se termine. Quelques minutes plus tard, Théo déboule dans le salon, plus hirsute que jamais.

— C'est quoi cette daube ? Vous m'avez réveillé…

Yannis lui jette un morceau de pain à la tête et l'expédie à son tour devant la télé. Ne pouvant feindre d'ignorer la guerre sans merci qui se jouera entre lui et sa petite sœur pour le contrôle de la télécommande, il anticipe :

— Et soyez gentils ! Si vous vous disputez, je mets *Les P'tits Papiers* à fond, toute la matinée !

— Je suppose que Laurent n'a pas rappelé ? lui demande Géraldine quand il vient se rasseoir.

— Non. Mais il va arriver, ne t'en fais pas. Pour rien au monde, je ne raterais leur retour et le récit de leur épopée ! Vous êtes les locataires les plus amusants que j'aie jamais eus…

Le repas terminé, il emmène Géraldine attendre Laurent et Julien à l'ombre de sa terrasse, et guette la route avec elle.

Soudain, elle se redresse en écarquillant les yeux.

— Il y a une voiture qui arrive, mais ce n'est pas la Panda, c'est une voiture de police, murmure-t-elle, livide.

Yannis se lève d'un bond, et marche rapidement vers l'entrée de la propriété.

— Ils sont à l'arrière, je les vois !

Stupéfaite, Géraldine l'a suivi. La voiture se gare, et en effet, Laurent et Julien en sortent, en maillot de bain.

Géraldine les regarde de la tête aux pieds, sans parvenir à en croire ses yeux. Tous les reproches avec lesquels elle pensait les accueillir s'évanouissent instantanément, et elle parvient tout juste à articuler trois questions en un seul souffle :

— Mais qu'est-ce que vous faites dans cette tenue ? Pourquoi la police ? Où est la Panda ?

Théo et Clara sont venus se joindre aux adultes, installés sur la terrasse, et tout le monde écoute, bouche bée, la fin du récit de Laurent.

— Comme on n'avait plus de clé de voiture, les policiers de Nyssiros ont prévenu ceux de Kos qu'il fallait venir nous chercher au port et nous raccompagner ici. Voilà, vous savez tout.

Un long silence s'ensuit, durant lequel chacun tente de visualiser les scènes ubuesques qui viennent d'être évoquées.

— Je n'arrive pas y croire, souffle enfin Géraldine. Vous êtes partis sans avoir consulté la météo ? Sans une bouteille d'eau ?... Vous pouvez vous estimer heureux d'avoir seulement perdu vos affaires, ça aurait pu être bien plus grave...

Laurent se contente de baisser les yeux. De nouveau, tout le monde se tait, et c'est finalement Yannis qui met un terme au mutisme général.

— Alors la Panda, elle est toujours à Kardamena ?

— Oui, répond Laurent, à côté de la plage où on a loué le catamaran.

— Je vais prévenir Manoli, il a peut-être un double des clés...

Yannis se lève et disparaît dans la maison. Géraldine reste songeuse : elle n'a plus du tout envie de faire une scène à son mari, l'estimant suffisamment puni par ses allers-retours sur le bitume brûlant de Nyssiros et sa nuit en prison. Mais il y a une chose qu'elle ne parvient pas à digérer, c'est que Julien ait choisi de taire l'existence de ses enfants, et que Laurent se soit fait le complice d'une telle omission. Elle a tellement de questions à poser qu'elle préfère les garder pour plus tard, surtout qu'entre sa nuit blanche et toutes ces émotions, ses nerfs sont à fleur de peau.

— Il chantait si mal que ça, le clodo ? demande Théo à son père.

— Le problème, ce n'est pas tant qu'il chantait mal, c'est qu'il a chanté toute la nuit.

— Ça, c'est le premier problème, enchaîne Julien. Le second problème, c'est qu'il chantait un genre de chansons folkloriques grecques, qui nous ont rendus littéralement dingues.

— Te plains pas ; lui au moins, il chantait pas *Les P'tits Papiers* ! soupire Théo.

Pendant ce temps, la voix de Yannis, au téléphone avec Manoli, prend une telle ampleur que tout le monde s'immobilise et l'écoute, médusé.

— Finalement, Géraldine a raison, ça aurait pu être pire, dit Laurent à Julien, on aurait pu avoir Yannis comme camarade de cellule !

— Je pense qu'on se serait suicidés… Imagine le volume sonore qu'il doit atteindre quand il est bourré !

— Je préfère ne pas y penser… Et vous ? demande-t-il en se tournant vers sa famille. Qu'est-ce que vous avez fait ?

— Rien, répond Géraldine, sur un ton faussement dégagé. Comme vous aviez pris la voiture, on s'est retrouvés prisonniers ici.

— Je suis vraiment désolé. Quand j'ai réalisé, on était déjà partis.

— Qu'est-ce que je t'avais dit ! dit Théo à Géraldine.

— Tu avais raison, ils nous avaient complètement zappés. Comme si on n'existait pas…

— Mais j'étais sûr que Yannis vous dépannerait, coupe Laurent, inquiet de la tournure que prend la conversation. Pourquoi vous n'êtes pas sortis vous balader ?

— Parce qu'il avait rendez-vous à l'hôpital avec sa mère, qui avait des examens à passer, répond-elle, cette fois avec humeur.

— Mais t'es quand même sortie avec lui le soir, lui rappelle Théo.

— Ah bon ? demande Laurent. Vous êtes allés où ?

— Dans un bar. C'était très sympa d'ailleurs.

— Et elle a fait des bisous ! intervient Clara.

— C'est gentil de faire des bisous à Yannis, dit Laurent.

— Et aussi au monsieur à la moto !

— Quel monsieur à la moto ?

Géraldine lève les yeux au ciel et balaie la question d'un geste censé signifier que Clara est en plein délire. Elle est sauvée par Yannis qui réapparaît, triomphant.

— Je me suis battu pour vous ! Manoli a un double de clé, il va nous le passer. Au début, il voulait vous facturer soixante-quinze euros pour la faire doubler ! Finalement, je l'ai convaincu de nous donner la clé et de nous laisser nous occuper du double ; je vous dirai où aller et ça coûtera très peu ! Mais il a été très dur à convaincre.

— Comment tu t'y es pris ? demande Laurent.

— Je l'ai traité de tous les noms. J'en ai dit beaucoup, parce qu'au début, même les pires insultes, il s'en foutait. Et puis je l'ai traité de bouc et il est devenu fou. Les gens sont amusants, conclut-il, satisfait.

Il propose de les conduire chez Manoli pour récupérer la clé, puis de les déposer à la Panda. Julien et Laurent le remercient et se lèvent pour aller se doucher.

— Voilà ce qu'on va faire, décide Laurent. Dès que tu nous auras déposés à Kardamena, je louerai un scooter et je m'occuperai du double des clés, et surtout d'aller déclarer la perte de nos passeports. Pendant ce temps, vous irez à la plage.

— Tu ne veux pas qu'on t'accompagne ? demande Géraldine.

— Non, je veux que vous profitiez de cette journée, pendant que je m'occupe de rattraper mes conneries.

— Les garçons ? apostrophe Yannis.

— On sait, répond Julien, attention à l'eau pendant la douche !

— J'espère qu'il va y arriver… murmure Géraldine. Surtout qu'il a horreur de tout ce qui est paperasse… alors en Grèce en plus !

— Ne t'inquiète pas, répond Julien, il va très bien s'en sortir. D'ailleurs, je t'annonce qu'il a fait un stage accéléré à Nyssiros : avec tous les formulaires qu'il a fallu remplir, il a dû faire de grands progrès.

— Je n'en reviens pas que Théo ait proposé d'emmener Clara faire des châteaux de sable, dit-elle en les regardant jouer au loin.

— En fait, c'est moi qui le lui ai demandé. Je voulais pouvoir te parler tranquillement. Je sais que tu m'en veux, et je te dois une explication.

— Pour être honnête, c'est surtout à Laurent que j'en veux.

— Je comprends. Mais si on s'est retrouvés dans une merde pareille, c'est parce que je n'ai pas été capable de t'expliquer ma situation.

Il l'emmène prendre un verre à la buvette située en bordure de la plage et commence à parler. Julien raconte son mariage avec Vanessa, leurs années de vie commune, la naissance des jumeaux : une vie sans histoire au point d'en être banale, jusqu'au jour où elle lui avait annoncé : « Je crois que je ne t'aime plus. » Avec le temps, Julien se disait que ça aussi, c'était banal. Et dire qu'il la croyait heureuse.

Il avait tout essayé pour la retenir, et avait refusé de se rendre à l'évidence quand au terme d'une longue discussion, elle lui avait dit qu'il perdait son temps. « Je ne suis plus là », avaient été ses termes exacts. Il avait pourtant continué à chercher des solutions, en vain. Que proposer quand on ne sait même pas pourquoi l'autre part ? Son obstination n'avait eu qu'un effet, achever de la détourner complètement de lui.

En quelques semaines, le ton de Vanessa s'était durci, au point d'atteindre une telle froideur qu'il s'était finalement décidé à partir. Tout valait mieux plutôt que de rester sous le même toit que cette étrangère hostile.

La procédure de divorce avait été relativement rapide, et c'est seulement le jour où il s'était retrouvé au Palais de justice et que leur divorce avait été prononcé, qu'il avait compris que tout était vraiment fini. Il gardait un souvenir atroce de cet après-midi dont le parcours bien défini et l'issue inéluctable se passaient bien de son consentement.

Tout d'abord, le lieu. Puisque le mariage était un acte civil, pourquoi devait-il prendre fin dans un tribunal ? Julien avait vécu comme une humiliation son passage sous un portique électronique, comme s'il était soudain devenu l'égal d'un délinquant ou d'un criminel. Il avait remis sa convocation à un fonctionnaire qui lui avait donné un plan, indispensable pour se repérer dans l'immensité du Palais de justice et parvenir au bureau du juge. À la fin de ce curieux jeu de piste, il était arrivé à un palier où l'attendait Vanessa, le visage fermé. Leur avocat était là aussi ; il s'était levé pour serrer la main de Julien, puis s'était rassis pour consulter son dossier, avant de conclure, du ton enjoué de celui qui annonce une bonne nouvelle : « De toutes les façons, tout est réglé, ça ira vite. »

La porte s'était ouverte et on les avait fait entrer dans le bureau de la juge. À son tour, elle avait feuilleté leur dossier, tout en disant, comme pour elle-même : « Quel âge ont les enfants ? Cinq ans… C'est jeune. » Puis elle avait relevé la tête et leur avait demandé : « Vous avez bien réfléchi ? »

Vanessa s'était chargée de répondre pour deux.

La juge leur avait reposé la question individuellement, puisque la procédure requérait un tête-à-tête, entretien dont il ne conservait pas le moindre souvenir aujourd'hui.

Enfin, une fois qu'ils s'étaient de nouveau trouvés réunis, la juge avait brièvement rappelé leurs accords concernant la pension alimentaire, la garde des jumeaux et le droit de visite.

En effet, tout était allé très vite.

On leur avait remis un document de deux pages, certifiant que leur attention avait été attirée sur l'importance de leurs engagements. Un drôle de terme, puisque, en l'occurrence, il s'agissait plutôt d'un désengagement. La suite du texte attestait que la volonté des époux était réelle, et leur consentement, confirmé, libre et éclairé.

Un superbe coup de tampon venait homologuer la décision de la juge, qui avait été assez magnanime pour autoriser ces deux adultes à poursuivre leur vie l'un sans l'autre.

Dix minutes plus tard, ils étaient dehors. Leur avocat leur avait serré la main et, se sentant probablement obligé de rompre leur silence, avait conclu : « Une page se tourne. » Il avait enchaîné avec un brillant « Bonne continuation ! », et s'était empressé de déguerpir, prétextant un rendez-vous à son cabinet.

Julien était incapable de décrire la tristesse qui était la sienne. Il avait regardé Vanessa et s'était aperçu que son visage avait totalement changé d'expression. C'est alors qu'il avait pris conscience que le fait d'avoir voulu cette rupture ne lui rendait pas l'épreuve moins douloureuse.

« Je t'accompagne à ta voiture », avait-il dit à celle qui n'était plus sa femme. Ils avaient traversé le pont au Change, sous un soleil stupide qui illuminait la ville d'une beauté indécente.

Julien était incapable de prononcer un mot, et Vanessa était restée muette. Une fois à sa voiture, prise d'une soudaine impulsion, elle avait ouvert le coffre, qui contenait trois paniers de champignons. Elle en avait pris un, l'avait tendu à Julien en lui disant, d'une voix qui dissimulait mal son émotion :

— On était en forêt hier ; c'est la saison des cèpes. Prends-les, tu adores ça.

— Je ne sais pas cuisiner, lui avait-il gentiment rappelé.

— C'est très simple !

Elle s'était aussitôt lancée dans l'énoncé de la recette des cèpes poêlés, le gratifiant de toutes sortes de conseils dont il n'écoutait pas le moindre mot. Il se contentait de la regarder, et tandis que stimulée par son discours, Vanessa s'animait, Julien avait fugacement retrouvé le visage de la femme qu'il avait épousée, et dont la générosité se manifestait particulièrement dans le plaisir qu'elle éprouvait à cuisiner pour ceux qu'elle aimait.

C'est seulement au moment où elle s'était tue qu'il avait réalisé qu'elle avait toujours le bras tendu, et attendait qu'il s'empare du panier. Il l'avait pris, l'avait remerciée, et était parti.

— Tu veux que je te dépose quelque part ? avait-elle crié dans son dos.

Il avait secoué la tête sans s'arrêter de marcher. Cent mètres plus loin, il avait abandonné le panier de cèpes sur un parapet du quai de la Mégisserie, et avait marché longtemps avant de rentrer chez lui.

Heureusement, Laurent était là. Il l'attendait patiemment au café en bas de son immeuble, et ne l'avait pas lâché durant les jours qui avaient suivi.

Dans un premier temps, Julien et Vanessa avaient pris soin de se parler avec douceur, sentant confusément le besoin de se ménager mutuellement. Ils s'étaient concentrés sur leurs enfants, et avaient fait en sorte qu'ils souffrent le moins possible de la situation. Et, de fait, tout se passait plutôt bien, jusqu'au jour où Vanessa avait déposé les jumeaux chez Julien plus tôt que prévu, et s'était retrouvée nez à nez avec une jeune femme très légèrement vêtue. Du jour au lendemain, le comportement de Vanessa avait changé, et elle avait repris le visage glacial qui était le sien durant leur séparation. Pourtant, Julien était assez lucide pour savoir qu'il ne fallait pas attribuer cette attitude à des regrets, mais à une simple blessure d'amour-propre, un vieil instinct de propriété qui avait resurgi de façon inopportune.

Dès lors, et sans qu'il sache expliquer pourquoi, leur relation n'avait fait que se détériorer. Tout, dans les réactions de son ex-femme, témoignait d'une aigreur qu'il ne parvenait pas à comprendre. De plus, aux yeux de Vanessa, le moindre faux pas de Julien semblait avoir pris l'aspect d'une provocation. Un retard trahissait un manque de respect ; un oubli, une insupportable désinvolture. Autant de torts qu'elle lui faisait payer en lui rendant plus difficile l'accès à ses fils. L'intervention de leur imbécile d'avocat, sollicité pour apaiser la situation, n'y avait rien fait.

Naturellement, la communication devenait plus difficile encore durant les vacances, Vanessa ne faisant pas le moindre effort pour lui permettre de parler à Lucas et Joseph aussi souvent qu'il l'aurait souhaité. C'était une situation qu'il vivait très mal, et qui expliquait, à défaut de l'excuser, leur escapade à Nyssiros.

Tout au long de son récit, Géraldine ne l'a pas interrompu une seule fois. Enfin Julien se tait, et après quelques secondes de réflexion, elle murmure :

— Il faut vraiment que tu prennes un portable…

Immédiatement, elle regrette cette conclusion maladroite.

— Excuse-moi, je suis aussi conne que ton avocat !

— Non, tu as raison. Quand on était en taule, j'ai dit à ton mari que j'envisageais de me faire fabriquer une cabine téléphonique portative, mais il m'a rappelé que c'était plus ou moins la définition du téléphone portable.

— Ils rentrent quand tes enfants ?

— Ils prenaient l'avion ce matin.

Immédiatement, Géraldine sort son portable de son sac et le tend à Julien.

— Alors ils sont arrivés. Appelle-les ; ils seront contents de t'entendre, surtout après la séparation brutale que vous avez vécu hier…

Julien hésite.

— S'il te plaît, insiste doucement Géraldine.

Julien s'incline devant elle, prend le téléphone et compose le numéro. Géraldine s'attend à le voir s'éloigner pendant sa communication, mais il reste assis en face d'elle.

Vanessa prend de ses nouvelles et lui demande comment Laurent et lui sont rentrés à Kos. Manifestement surpris qu'elle s'inquiète de son sort, Julien lui fait un bref résumé de leur épopée, puis Vanessa lui passe ses enfants. Lorsqu'il raccroche, il pousse un profond soupir de soulagement.

— Merci mille fois, dit-il à Géraldine.

Théo surgit à cet instant, Clara juchée sur ses épaules.

— J'en peux plus ! Encore un pâté de sable et plus personne ne pourra poser un pied sur la plage !

C'est le dernier jour ; Géraldine dépose tout le monde à la plage, et se rend en ville pour acheter des cadeaux pour Olga et Bachir et des souvenirs. Ensuite, elle va chez Manoli, pour savoir si au lieu de rendre la Panda le soir même comme c'était initialement prévu, ils peuvent la garder jusqu'au lendemain matin, car Yannis a proposé qu'ils aillent tous ensemble dîner au restaurant. Elle est reçue par une employée charmante, qui lui donne son accord en lui disant d'emblée qu'elle préfère ne pas consulter Manoli, au cas où il refuserait. Comme en plus d'être conciliante, elle est blonde, Géraldine lui propose de venir prendre un verre après son travail chez Yannis.

— Quelle délicate attention ! lui dit Julien quand elle les rejoint à la plage. Dire que j'allais quitter ce pays sans avoir rencontré une seule Grecque blonde…

— Attention ! À mon avis, elle n'est pas blonde depuis très longtemps.

— Ça ne fait rien, je m'en contenterai. Allez, on y va !

— Vous voulez déjà rentrer ?

— Non, on t'emmène faire un tour.

— Où ça ?

— Tu ne crois quand même pas qu'on va repartir sans avoir visité l'Asklepion ? lui demande Laurent en souriant.

Géraldine est radieuse tandis qu'elle se promène au milieu des ruines du temple construit en l'honneur du dieu de la médecine. Même Théo est impressionné par le spectacle qu'offrent les colonnes se dressant au milieu des cyprès, mais par principe, il préfère s'abstenir de tout commentaire élogieux. Plongée dans une brochure, Géraldine s'en détourne pourtant en apercevant une petite troupe de blonds qui participent à une visite guidée, et elle va aussitôt alerter les garçons.

— Il y a un groupe sur la seconde terrasse, près des statues. À mon avis, ce sont des Norvégiens. Qu'est-ce que vous en dites ?

— D'après moi, c'est des purs Danois, affirme Théo.

À ces mots, Géraldine est prise d'une bouffée de panique ; elle passe rapidement le groupe en revue : heureusement, pas de trace de Bror.

— Mmm... reprend Laurent en affectant un air exagérément sérieux. De loin, je dirais plutôt des Suédois. Julien ?

— J'en ai croisé quelques-uns, et j'ai cru déceler quelques mots de finnois. Ça mérite un examen approfondi.

Alors qu'ils rentrent chez eux, l'employée de Manoli téléphone à Géraldine, pour lui dire que, finalement, elle ne pourra pas passer, et que comme elle le craignait, son patron souhaite qu'ils ramènent la Panda tout de suite, car toutes les autres voitures sont louées.

Géraldine prévient aussitôt Yannis, qui se fait une joie de dénouer la situation.

— Je l'appelle tout de suite pour l'insulter, je suis très en forme !

En effet, en trois minutes de vociférations, le problème est réglé.

Tout le monde s'est fait beau pour l'occasion, et en particulier Yannis, qui a réservé dans son restaurant préféré. Avec son costume blanc et sa ribambelle de colliers, il rappelle aux Français son apparition à l'aéroport le premier soir. Malheureusement, Olga ne peut pas les accompagner puisqu'elle doit rester à la maison avec Maria, qui n'est pas sortie le soir depuis 1974, précise Yannis lorsque Géraldine insiste pour que les deux femmes se joignent à eux.

La Panda prend donc la suite de la Jeep, dans laquelle on distingue l'étrange couple formé par Yannis et Bachir.

Pendant tout le trajet, Yannis conduit comme un fou, et par la fenêtre baissée, les Français l'entendent haranguer Bachir pour des raisons qui leur échappent complètement. Il se calme subitement, et Laurent suggère que c'est parce que Bachir est en train de lui faire une petite gâterie.

— T'es dégueulasse ! proteste Géraldine.

Mais la Jeep accélère, Yannis multiplie les coups de volant inopinés, ce qui permet à Laurent d'étayer son hypothèse, à la plus grande joie de Théo et des autres occupants de la Panda, tour à tour gagnés par ses élucubrations. À deux doigts d'être semé, Laurent est obligé de commettre des imprudences pour rattraper la Jeep, et sa conduite devient d'autant plus dangereuse que de nombreux véhicules empruntent leur route. Furieux, le conducteur d'un scooter tape sur le capot de la Panda.

— Enculé ! crie Laurent, survolté.

— Enculé ! répète Clara ravie.

— Ne répète jamais ce mot, chérie ! bondit Géraldine.

— C'est l'ami de maman ! crie la gamine, déchaînée.

— Quel ami ? demande Laurent.

— Écoutez, Yannis a recommencé à hurler ! dit précipitamment Géraldine.

— C'est parce que Bachir l'a terminé et s'est essuyé la main sur son siège, suggère Julien.

— Pas devant Clara ! supplie Géraldine.

— Enculé ! réplique la fillette.

Heureusement pour sa mère, ils arrivent peu de temps après au restaurant.

Pour être sûr de leur laisser un souvenir inoubliable, Yannis trône en tête de table, plus impérial que jamais, et les gratifie de récits de l'*Odyssée*, revisités au gré de son tempérament. Théo, qui découvre la mythologie grecque, en conclut qu'il s'agit du meilleur concours d'insultes de tous les temps. Même Bachir, qui ne comprend pas un mot de français, est hilare devant le spectacle qu'offre Yannis, qui n'hésite pas à camper tous les personnages, d'Ulysse à Athéna en passant par tous les combattants de la guerre de Troie et un cyclope qui se fait percer son unique œil.

À bout de souffle, il s'interrompt pour héler un serveur, et commande des saganaki pour tout le monde, une entrée qu'ils ont vue sur tous les menus, mais n'ont jamais souhaité goûter.

— On n'est pas là pour manger japonais ! observe Laurent.

— Ce n'est pas un plat japonais, c'est des tranches de fromage frit dans l'huile d'olive ! s'insurge Yannis, outré.

— Merde, ça doit être délicieux !

— Bien fait ! Vous auriez dû m'emmener partout !

— C'est un peu ce qu'on a fait, bredouille Théo, s'attirant aussitôt un regard courroucé de Yannis.

Tout au long du repas, le Grec poursuit ses récits épiques, ponctués par diverses tentatives de fourrer des aliments dans la bouche des Français, devenus experts dans l'art et la manière de détourner la tête au bon moment.

Sur le chemin du retour, Yannis s'arrête à un carrefour, et descend de sa voiture pour venir s'adresser à ses locataires. Il leur désigne un magnifique petit village caché dans la végétation, quelques centaines de mètres plus haut.

— Regardez, c'est Zia, un petit village typique. Il y a des ruines sublimes d'anciennes fortifications, et d'en haut, vous avez une vue magnifique sur toutes les îles autour, et sur la Turquie. Ça vous plaît ?

— Génial ! s'enthousiasme Géraldine. Allons-y !

— Une autre fois ; je dois rentrer faire Makadjani.

— Quelle autre fois ? On part demain !

— Vous n'aurez qu'à revenir !

Il repart en courant et Laurent, habitué à ses démarrages en trombe, garde le pied sur l'accélérateur. Pourtant, avant même qu'il ait pu appuyer sur la pédale, la Jeep a disparu, ne laissant derrière elle qu'un énorme nuage de poussière.

Lorsque les Français arrivent à la maison, Yannis n'est pas en train de méditer, il les attend tranquillement sous sa véranda.

— Et Makadjani ? lui crie Géraldine.

— Non, je suis trop triste à cause de vous qui partez demain… Vous voulez ressortir prendre un verre ?

— Je n'ai pas fini les valises…

— … et Clara dort à moitié ! complète Laurent. Tu devrais aller méditer, ça te ferait du bien, non ?

— Tu n'as rien compris ! s'emporte Yannis, vexé. D'ailleurs, c'est normal, tu n'as jamais fait ta séance d'initiation avec moi. Tu as de la chance que je sois très fatigué…

Bachir vient leur souhaiter une bonne nuit, mais Yannis le retient en lui demandant de venir lui apporter un bol de pastèque au lit.

— Décidément, il ne le lâche jamais ! maugrée Julien. Le pauvre, qui doit être impatient de retrouver Olga…

— Si je peux me permettre, crie Géraldine à Yannis, ce serait gentil d'apporter aussi de la pastèque à ta maman.

Le visage de Yannis s'éclaire.

— Très bonne idée ! Elle dort peut-être, mais elle se réveille souvent et ça lui fera une petite douceur. Bachir, tu m'apportes mon bol, et tu vas tout de suite en donner un à ma mère !

Avant de rentrer dans la maison, Bachir regarde Géraldine en se demandant si sa suggestion est intentionnelle ; au large sourire qu'elle lui fait, il comprend que oui, et il incline la tête vers elle en signe de gratitude.

— Le dernier matin, c'est moi qui prends le petit déjeuner chez vous ! annonce Yannis qui a emboîté le pas à Julien, venu rejoindre ses amis. J'ai appelé Manoli, poursuit-il, pour lui demander d'être présent lorsque vous rendrez la voiture.

— Ah non ! Aucune envie de revoir ce con ! s'emporte Laurent.

— C'est obligatoire ! D'abord, pour vous réconcilier avec lui et quitter l'île en paix, sinon, je serai trop malheureux.

— Bon, concède Géraldine. Et ensuite ?

— Ensuite : pour qu'il vous voie souffrir, tous entassés avec vos valises à l'arrière de la Jeep ! Il faut lui donner du plaisir après l'avoir humilié, c'est ma philosophie de la vie.

— Explique un peu ! demande Théo. C'est beaucoup plus intéressant que Makadjani.

— Pas le temps pour les explications sur la philosophie de la vie, tranche Laurent. On rend la bagnole et on se tire, même si on ne s'est pas réconciliés avec Manoli. Ses bagnoles sont minables et hors de prix ; et il a essayé de nous voler avec le double des clés.

— Ce n'est pas sa faute, proteste Yannis, le vrai responsable, c'est le propriétaire. Lui, c'est un vrai dégénéré ! Je m'occuperai de lui un de ces jours, quand je serai vraiment très en forme, parce qu'il faudra plus que quelques insultes pour le terrasser.

— Tu feras comme Ulysse, quand il a massacré les types qui voulaient se taper sa meuf ! se réjouit Théo.

— Se taper quoi ?

— Séduire sa femme, traduit Géraldine.

— Sa femme s'appelait Pénélope, précise Yannis à Théo. Malgré tout, félicitations, c'est bien que tu te sois souvenu d'Ulysse, ajoute-t-il en lui jetant un morceau de pain à la figure.

— Aïe ! Alors pourquoi tu m'attaques ?

— Je m'entraîne. Et j'ai adoré te jeter le bout de pain hier. Si j'avais découvert ce plaisir au début, tu y aurais eu droit tous les jours ! Maintenant, viens, koukla, je suis sûr que vous avez plein de restes, ce serait dommage de jeter, je vais venir voir ça avec toi.

Il se livre à une exploration du réfrigérateur en règle, qui permet à Géraldine de mieux comprendre pourquoi il ne subsistait rien du passage de Philippe à leur arrivée. L'inspection de Yannis s'achève par l'escalade d'un meuble, lui permettant de vérifier qu'il n'y a pas la moindre denrée au fond des placards du haut. Une fois sa razzia achevée, il rentre chez lui les bras chargés, et leur annonce majestueusement qu'il leur fait cadeau du forfait ménage du départ.

Tour à tour, chacun remercie Olga et l'embrasse chaleureusement, avant de saluer avec respect Maria qui reste imperturbable, jusqu'au moment où Géraldine tente de s'approcher d'elle, et qu'elle pousse un cri strident.

Bachir prend place dans la Jeep à côté de Yannis, et pour la dernière fois, les Français s'agglutinent dans la Panda. Remarquant que Laurent entasse les bagages dans le coffre et le claque d'un coup sec sans se soucier d'un éventuel problème d'ouverture, Géraldine s'en inquiète, mais Laurent la rassure.

— Je m'en tape ; une fois qu'on sera là-bas, ce sera à eux de se démerder pour l'ouvrir s'il est coincé. Au pire, je me ferai un plaisir de le défoncer…

— Eh bien, elle va être belle, la réconciliation.

Cette perspective n'empêche pas Géraldine d'être radieuse : les vacances sont finies, mais elle va retrouver une maison sans insectes, un bureau à l'activité frénétique, et son précieux BlackBerry qui l'a attendue bien sagement. En chemin, elle entonne *Les P'tits Papiers* à tue-tête, en imitant l'accent de Yannis.

— T'es chiche de la chanter à Émilie quand elle reviendra ? lui demande Théo.

— Sûrement pas ! Si je résume tout ce qu'on a prévu pour son retour, on va l'accueillir avec une chèvre, lui faire bouffer de la pieuvre, et lui chanter *Les P'tits Papiers*… Si elle a la moindre idée de ce qui l'attend, elle ne rentrera jamais !

Finalement, le coffre s'ouvre sans problème et la scène de réconciliation, orchestrée par Yannis, est rapidement expédiée, puisqu'il décrète que, finalement, aucune explication n'est nécessaire, et qu'il suffit de s'étreindre pour repartir de l'île en ayant fait le plein d'ondes positives. Il rassemble donc tous les protagonistes et les précipite dans les bras les uns des autres, n'hésitant pas à bousculer physiquement ceux qui, à l'instar de Laurent, traînent un peu des pieds.

Enfin, il embarque les Français et leurs bagages dans sa voiture, et contre toute attente, les dépose sur une place où se trouve une station de taxis :

— Je ne vous emmène pas à l'aéroport, c'est la règle ici !

Les embrassades sont chaleureuses ; Yannis semble sincèrement ému, il fait promettre à ses hôtes de revenir, et les serre longuement dans ses bras. Julien donne ses coordonnées à Bachir et l'invite chez lui à Paris.

— Si je veux ! s'écrie Yannis, horriblement vexé.

— Naturellement, ma maison est la tienne, s'empresse de préciser Julien.

— Alors je viendrai. Et peut-être aussi chez koukla. Je cuisinerai la moussaka et on invitera tous tes amis.

— Si je veux ! proteste Clara à son tour.

— Tu es trop méchant ! Adieu, petit !

Yannis empoigne Bachir par le cou, il lance des baisers à la ronde, et salue en faisant des courbettes, la main sur le cœur, avec un sens du tragique digne de la Callas lors de son concert d'adieu. Enfin, il remonte dans sa voiture à reculons, démarre et disparaît au premier croisement, non sans avoir fait crisser ses pneus.

Les Français le regardent s'éloigner en lui faisant de grands gestes, puis ils se regardent : toutes leurs valises et la poussette sont étalées autour d'eux et ils restent là, piteux, occasionnant malgré eux un embouteillage complet de la chaussée.

Géraldine propose d'aller prendre un dernier verre à la terrasse du café voisin, et comme à Pserimos, une abeille vient tournoyer frénétiquement devant elle.

Cette fois, elle ne se laisse pas impressionner et se tourne vers Julien.

— Tu peux lui demander de partir, s'il te plaît ?

Il chuchote quelques mots en direction de l'insecte, qui s'envole docilement et disparaît au loin.

— Allô, koukla ?

— Yannis ! On parlait justement de toi !

— J'espère bien ! Avec qui ?

— Avec Julien ; il est venu dîner. Attends, je mets le haut-parleur…

— Très bien, alors écoutez tous ! Je voulais vous dire que je fais des prix très avantageux pour les locataires qui sont déjà venus, et réservent longtemps à l'avance.

— C'est vrai ? Génial ! Combien ?

— Très avantageux. Je dirais même : inestimable.

— C'est-à-dire ?

— Je ne parle pas d'argent avec mes amis. Mais vous pouvez me faire confiance.

— J'adorerais, Yannis ! s'écrie Julien. Mais je ne supporterais pas que Bachir dorme encore par terre à cause de moi…

— Je fais construire une autre petite maison un peu plus loin. Elle sera prête l'été prochain. Tu pourras la prendre.

— C'est vrai ? Il y a une douche ?

— Évidemment. Mais ce n'est pas une raison pour faire n'importe quoi avec l'eau ! Surtout que je fais installer le compteur d'eau sur ma terrasse pour pouvoir surveiller.

— Je ne viens pas si tu surveilles la durée de mes douches !

— Tu vas assécher toute l'île, petit coquin !

— Jamais de la vie !

— C'est bon, tu as gagné !

— Comment va ta mère ? crie Géraldine à Yannis.

— Formidable. Elle vous enterrera tous… Et votre petit, il est sage ?

— Infernale ! Je te préviens, elle va t'en faire baver.

— Alors, c'est oui ?

Géraldine lance un regard interrogateur à Laurent qui s'approche du combiné et répond à Yannis.

Il raccroche, et les trois amis se regardent en souriant. Julien lève son verre.

— Madame Bates, me voilà !

Merci à Jérôme, pour sa patience et sa générosité.

Merci à Céline et Muriel, pour leur soutien, leur gentillesse et leur talent.

Composé par Nord Compo
à Villeneuve-d'Ascq (Nord)

Imprimé en France par

MAURY IMPRIMEUR
à Malesherbes (Loiret)
en mai 2014

POCKET – 12, avenue d'Italie - 75627 Paris cedex 13

N° d'impression : 190002
Dépôt légal : juin 2011
Suite du premier tirage : mai 2014
S20858/05